KB211823

사
물
의

시
선

당신이 미처 몰랐던 사물들의 속마음,
이제 사물들이 당신을 이야기하기 시작한다

사 물 의 시 선

이유미 지음

북노마드

차
례

1 : 취향, 시선을 끌다

01 저금통 ··· 12
02 포스트잇 ··· 16
03 장난감 ··· 20
04 이어폰 ··· 26
05 스티커 ··· 32
06 샤프 ··· 36
07 카세트테이프 ··· 40
08 피크닉매트 ··· 44
09 비누 ··· 50
10 양초 ··· 56
11 우산 ··· 60
12 엽서 ··· 68
13 책 ··· 72
14 종이인형 ··· 76
15 향수 ··· 80
16 유리병 ··· 84

2 : 공간, 시선을 피하다

01 액자 ··· 90
02 이불 ··· 94
03 수건 ··· 100
04 화장대 ··· 104
05 쓰레기통 ··· 112
06 거울 ··· 116
07 스탠드 ··· 120
08 벽시계 ··· 124
09 달력 ··· 128
10 소파 ··· 132
11 캐비닛 ··· 136
12 빅쿠션 ··· 140

3 : 공간, 시선을 던지다

01 차 ⋯ 148

02 보온병 ⋯ 152

03 칼 ⋯ 156

04 그릇 ⋯ 160

05 종이컵 ⋯ 164

06 꽃병 ⋯ 170

07 머그잔 ⋯ 174

08 수면안대 ⋯ 180

09 지도 ⋯ 186

10 스위치 ⋯ 190

4 : 그 여자, 시선을 모으다

01 핸드크림 ⋯ 198

02 앞치마 ⋯ 204

03 반지 ⋯ 210

04 장화 ⋯ 216

05 하이힐 ⋯ 220

06 리사이클 가방 ⋯ 224

07 양말 ⋯ 228

08 귀걸이 ⋯ 232

09 레깅스 ⋯ 238

10 숄더백 ⋯ 242

11 안경 ⋯ 248

12 구둣솔 ⋯ 252

13 카메라 ⋯ 256

14 담요 ⋯ 262

15 빗 ⋯ 268

16 장갑 ⋯ 276

17 초 ⋯ 282

욕실 문을 닫고 나와 스위치를 탁, 하고 내렸습니다. 수건으로 얼굴을 닦으며 방으로 들어가려는데 문득, 어두운 욕실에 남아 있는 비누가 떠올랐습니다.

'새까맣게 어두운 욕실에 남겨진 비누는 어떤 기분일까?'

물론 사물에게 감정이 있을 리 없습니다. 하지만 온라인 편집숍 '29CMwww.29cm.co.kr'에서 〈사물의 시선〉을 연재하면서부터 저는 노이로제에 걸릴 정도로 신경이 쓰입니다. 제 주변을 둘러싼 모든 사물들에게 감정이 있고, 그들이 겪어왔을 삶의 이야기가 우리 주변을 가득 채우고 있을 거라 믿기 시작했기 때문입니다.

그날 욕실에서 나와 썼던 글이 바로 이 책에 실린 '비누-거품 눈물'이었습니다. 이별을 겪고 난 후 무기력해진 여자, 여자가 평소처럼 자주 씻지 않자 그 여자가 궁금해진 비누. 비누가 하는 생각들. 거기엔 당연히 '내가 비누라면?'이라는 가정이 들어 있었습니다. 〈사물의 시선〉은 '내가 사물이라면?'이라는 공감에서부터 시작된 셈입니다.

늘 그랬습니다. 점심식사를 하고 난 후 맛있게 마신 밀크 커피. 커피가 약간 남은 종이컵을 무심코 쓰레기통에 던져버렸을 때, 종이컵의 기분은? 또 쓰레기통의 기분은 어떨까? 그렇게 저는 조금씩 사물들의 시선으로 보고, 사물들의 감정을 느끼기 시작했습니다. 작은 경험들을 통해 상상하며, 이야기를 풀어갔습니다. 〈사물의 시선〉은 그렇게 쓰였습니다.

그러다가 문득, 사물들이 우리 스스로는 바라보지 못하는 우리들의 모습을 보고 있다는 생각이 들었습니다. 아무렇지 않게 흘러갔던 우리의 일상과 그 안에 담긴 사랑까지 말입니다. 그러자 사물들이 사람들의 사랑 이야기에 끼어들고, 새로운 만남에 기뻐하고 이별에 안타까워하는 모습이 떠올랐습니다. 우리가 혼자 있는 시간, 그 주변에는 늘 묵묵히 제자리에 있는 사물들이 있었으니까요.

사랑하는 그의 사진이 끼워진 액자. 사진 속 인물이 떠나자 상처받고 힘들어하는 그녀의 모습을 액자는 보았을 것입니다. 그녀 곁에 늘 서 있던 스탠드. 오지 않는 전화를 온종일 기다리는 그녀의 모습을 스탠드가 지켜보았을 겁니다. 그런 생각을 하다보니 어느 순간부터 물건을 함부로 버릴 수 없게 됐습니다. 사물들은 우리의 일상을 함께 나눈 존재이기 때문입니다. 심지어 분리수거를 할 때에도 빈 택배상자가 '나 그냥 버릴 거야?' 하고 말을 거는 것 같아 피식 웃곤 합니다. 그렇게 저는 사물들의 목소리를 엿듣고, 그들을 통해 우리의 일상을 엿봅니다.

일주일에 한 번, 2년 넘게 〈사물의 시선〉을 연재하면서 이야기 소재가 끊이지 않을 수 있었던 이유는 우리 곁에 정말 많은 사물이 존재하기 때문이었습니다. 사연 없는 사물은 없었고, 저는 그저 이야기라는 날개만 달아주면 됐습니다. 오늘도 저는 손바닥을 삭삭 비비며 주변을 둘러봅니다. 그러다가 어떤 사물과 눈이 마주치면, 그 사물의 목소리에 귀를 기울이기 시작합니다.

다행히 온라인 편집숍 29CM에는 즐거운 상상을 담을 만한 사물들이 늘 넘쳐났습니다. 온라인 사이트에서 연재하는 글이긴 했지만, 특정 브랜드나 특정 상품에 대해서는 쓰지 않았습니다. 더 많은 사람들이 경험했던 사물에 공감할 수 있는 이야기를 담고 싶었기 때문입니다. 사물의 시선 속에 '공감'을 담고자 노력했습니다. 내가 겪고 상상했던 일들에 누군가도 공감할 수 있기를 바라는 마음으로 책이라는 사물, 『사물의 시선』을 세상에 내어놓습니다.

부디 이 책을 펼친 당신도 이 이야기들에 공감하고 또 힘을 낼 수 있으면 좋겠습니다. 당신을 지켜보는 수많은 사물들이 곁에 있는 한, 여러분은 혼자가 아니니까요. 또한 우리와 많은 시공간을 함께 나누었던 그 사물들을 좀더 소중하게 여겨준다면, 저는 더 행복할 것 같습니다.

2014년 2월, 겨울의 막바지
이유미

1 ··· 향, 지진을 꿈꾸다

채
워
지
면

이
별

●

　내가 욕심쟁이인 걸까? 왜 동전이 모이면 갖고 가는 거지? 그냥 갖고 있으면 안 되나? 그래, 알아. 나는 저금통이라는 걸. 하지만 모를 거야. 그동안 정들었던 동전들과 헤어지는 순간의 서운함을.

　옛날부터 나는 정이 많았어. 지금은 모양이 다양해졌지만(심지어 나는 버스 모양이잖아) 그전까지 우리의 상징은 '돼지'라는 푸근한 이미지의 동물이었어. 생각해보면 옛날에는 사람들이 참 동전을 열심히 모았어. 동전이 채워지면 바로바로 은행에 가져가곤 했어. 솔직히 그때는 동전들과 정이 쌓일 틈도 없었어. 그런데 언제부턴가 동전들과 오순도순 이야기를 나누는 시간이 길어졌어. 사람들이 동전을 모으지 않다보니 내 안의 동전들과 정이 깊어진 거지. 그렇게 정이 담뿍 든 내 안의 동전들을 꺼낼 때의 상실감과 허탈함이란…….

　그래, 나는 이별하는 물건이야. 나와 만나게 된, 나와 특별한 인연을 맺은 동전들을 언젠가는 떠나보내야 할 운명을 지닌 그런 물건. 사실 요즘은 부쩍 외로워. 며칠에 한 번씩 나에게 동전이 들어오는 날에는 반가워 어쩔 줄 몰라 하고, 말이 아주 잘 통하는 동전과 헤어지는 날에는 밤새워 울곤 하지. 사람들의 손길도, 동전들의 발길도 뜸하니 그럴 수밖에.

나는 아직도 잊을 수 없어. 1980년에 만들어진 100원짜리 동전과의 만남을. 1980년 동전치고 엄청 깨끗해서 하마터면 말을 놓을 뻔했지만, 그 100원짜리 형님과 얼마나 많은 이야기를 나누었는지 몰라. 물론 언젠가 그 형과도 헤어져야 하겠지. 이렇게 만남과 헤어짐을 반복했으면 좀 무뎌질 만도 한데 아직도 이별이 두렵고 슬퍼. 지금까지 한 번도 저금통으로 살아온 걸 후회한 적이 없지만 정이 든 동전들과의 이별은 나를 너무 슬프게 해. 며칠 후면 내 안에 머물렀던 동전들은 다시 한번 무리 지어 내 품을 떠나게 될 거야. 나는 또 혼자가 되겠지. 가끔 그런 꿈을 꿔. 내가 품었던 동전들이 다시 내게로 돌아오는 꿈. 그날을 꿈꾸며 오늘도 같은 자리에서 묵묵히 동전을 품을 거야.

"우리 할아버지 어렸을 적엔,

동 전 을   꺼 내 려 고

배를 가르기도 했대요."

나만 알고 있는 짝사랑

●

선영씨, 오늘도 활기찬하루 보내세요!^^

오늘도 선영의 책상에는 짧은 메모가 적힌 나와 캔커피가 놓여 있다. 선영은 책상에 놓인 나를 보고 '또야?' 하는 표정으로 주변을 둘러본다. 매일 아침, 그녀가 출근하기 전 나는 그녀의 책상에 놓인다. 그녀는 모르지만, 그녀를 짝사랑하는 남자가 누구인지 나는 알고 있다.

가방을 내려놓고 의자에 앉은 그녀는 컴퓨터를 켜고 다시 한번 주변을 살핀다. 그리고 바로 옆자리 박대리에게 넌지시 묻는다.

—대리님, 혹시…… 못 보셨어요?

선영은 메모지와 커피를 눈짓으로 가리키며 말한다. 박대리는 "모르겠는데?"라고 말하며 시큰둥하게 자신의 모니터로 시선을 옮긴다. 선영은 고개를 갸우뚱하며 입을 샐쭉거린다.

'도대체 누구지?'

벌써 2주째. 선영의 답답함도 이해가 된다. 누가 나를 놓고 가는지 확인하기 위해 가장 먼저 출근해보기도 했지만 어김없이 나를 붙인 캔커피가 놓여 있었으니 말이다. 처음에는 설레어하는 듯 보였지만, 이젠 자신을 드러내지 않는 상대방을 두려워하는 기색이다.

—이야~ 오늘 또 받았어? 그 남자, 대단해!

그녀 곁을 지나가던 최대리가 장난스러운 말투로 선영을 놀린다. 짓궂기로 소문난 최대리는 선영을 짝사랑하는 남자가 있다는 걸 알고는 매번 장난을 건다.

—놀리지 마세요. 답답해 죽겠단 말이에요.
—얼마나 감동적이야. 매일 아침, '힘내라'는 메모와 함께 커피를 놓고 사라지는 남자! 복 받은 줄 알아.
—쳇.

상대방이 누구인지 짐작조차 가지 않는 상황에서 마냥 설렐 수만은 없는 법. 메일을 읽던 선영이 나를 찬찬히 살펴본다.

'사무실 사람들의 글씨체를 일일이 체크해볼까?

선영은 사무실 남자들을 다시 한번 의심해보기로 했다. 그녀에게는 전혀 관심 없는 듯한, 아니 오히려 싫어하는 것 같은 박대리, 순애보와는 거리가 멀어 보이는 최대리, 세상 모든 여자에게 자상하고 친절한 이대리. 혹시…… 이대리? 하지만 그라면 이런 방법보다는 점심식사를 마치고 테이크아웃 커피를 내밀며 직접 말할 것 같다. 그는 돌직구 스타일이니까.

대체 그는 누구일까? 나는 알지만 알려줄 수 없다. 힌트? 글쎄, 겉보기와는 다르다는 정도? 그녀가 의심(?)하고 있는 세 명 중 주인공이 있다는 것! 그가 왜 선영에게 자신을 드러내지 않는지 나도 알 수 없다. 하지만 선영이 이것만은 알아주면 좋겠다. 자신에게 무뚝뚝하다고 해서 그가 그녀를 싫어하는 건 아니라는 것, 어쩌면 그녀를 똑바로 볼 수 없어서인지도 모른다는 것, 늘 그렇듯 범인은 가장 가까운 곳에 있다는 것 말이다.

사 / 물 / 의 / 한 / 마 / 디

"당신의 사랑을 받기 위해
오늘도 최선을 다해 붙어 있다고요!"

마
지
막

미
소

●

　　오후 2시 10분. 준영이가 유치원에서 돌아오는 시간이다. 이 시
간이면 아주머니는 305동 앞에 나가 준영을 데리고 들어온다.

　　—준영이 오기 전에 쉬려고 했는데, 시간은 왜 이렇게 빠른 거야.

　　어깨가 축 늘어진 무민 트롤이 말했다(그의 어깨는 늘 축 처져
있지만).

　　—왜? 어제 준영이가 한참 갖고 놀던데 무슨 일 있었어?
　　—말도 마. 준영이는 내 다리가 빠지건 귀가 떨어지건 상관하지 않
　　잖아.

　　그때 현관문 비밀번호 누르는 소리가 들렸다. 우당탕탕, 준영
이 신발을 요란스럽게 벗으며 거실로 뛰어들어왔다.

　　—준영아! 뛰지 마. 넘어져!

─엄마, 간식 먹기 전까지 장난감 좀 갖고 놀게요!

좀처럼 지치지 않는 준영은 유치원에서 돌아오면 더 힘이 솟아나는 아이다. 장난감들은 잔뜩 긴장한 채 모두 '얼음'이 되고 말았다.

─안녕, 많이 기다렸지?

준영이 유치원에 가고 나면 아주머니가 말끔히 정리해놓지만 그것도 잠시뿐. 인형과 장난감들은 준영이가 흔드는 대로 이리저리 날아다녔다. 다리가 부러지고 눈알이 빠져도 어쩔 수 없었다.

─은제까지 이르케 스르야 흐는그야……(언제까지 이렇게 살아야 하는 거야……)

준영의 손에 잡힌 스너프킨이 울먹였다. 스너프킨의 몸통을 꽉 쥔 준영은 이리저리 흔들며 방안을 뛰어다녔다. 스너프킨의 녹색 모자가 방바닥에 떨어졌다.

─어? 모자가 벗겨지니까 진짜 못생겼네. 에잇!

준영은 스너프킨을 장난감 더미로 힘껏 던졌다.

―아악!

쾅! 하고 벽에 세게 부딪힌 스너프킨이 고통을 호소했다.

―어떡해! 스너프킨의 머리가 분리됐어!

잔뜩 겁먹은 얼굴로 지켜보던 하티프나스는 자신의 차례가 오지 않게 해달라고 기도했다. 벽에 부딪힌 스너프킨은 다리가 떨어지고 머리와 몸통이 분리되고 말았다.

―스너프킨! 괜찮아?
―결국 이런 날이…… 으으…….

고통 속에 신음하는 스너프킨을 도와주고 싶었지만 준영이 있는 동안 장난감들은 아무것도 할 수 없었다.

―난 아마 쓰레기통에 버려질 거야.

—아냐. 아주머니가 다시 끼워주실 거야.

—아주머니는 망가진 장난감을 고치지 않아. 다른 걸로 사줄 거야.

—걱정 마. 우리가 보내지 않을 테니. 다시 찾아줄게!

무민 가족들과 다른 장난감들이 위로해보았지만 스너프킨은 체념한 표정이었다.

—그래도 난 행복했어.

스너프킨이 입을 열었다.

—안 돼, 희망을 잃지 마!

꼬마 미이가 울음을 참으며 말했다.

—준영을 처음 만났던 날이 생각나. 세상을 다 가진 듯 행복해하던 아이의 웃는 얼굴. 그런데 하루하루 새로운 장난감이 방으로 쏟아져 들어왔어. 그때마다 준영은 새 장난감에 마음을 주었지. 그게 당연한 걸 알면서도 속상한 건 어쩔 수 없었어. 하긴, 나처럼

못생긴 장난감을 누가 좋아하겠어. 걱정하지 마. 난 괜찮아.

준영이 간식을 먹으러 나간 사이, 방에서는 장난감들의 흐느낌이 계속됐다. 모든 걸 받아들인 스너프킨은 어느 때보다 평온해 보였다. 그것이 그의 마지막 미소였다.

너와 내가 듣는 노래

재잘재잘. 새들의 지저귐에 눈이 뜨인다. 그녀는 잘 떠지지 않는 눈을 비비며 체크무늬 슬리퍼를 신고 터벅터벅 창가로 걸어간다.

—왜 이렇게 시끄러운 거야.

반쯤 열린 커튼을 마저 걷으니, 창턱 위에 올라간 얼룩 고양이 '다미'가 새들과 실랑이중이다.

—너구나. 범인이.

그녀는 고양이의 머리를 쓰다듬고 작게 입을 오므려 녀석의 코에 입을 맞춘다. 두 살 된 젖소냥이 다미는 아직 어린 아기라 새들에게 놀림당하기 일쑤다. 그녀가 시계를 본다. 아침 9시 30분. 10시에 알람을 맞춰놓았는데, 다미 때문에 30분 일찍 눈이 떠졌다. 그녀는 다미 때문에 너덜너덜해진 1인용 패브릭 소파에 털썩 앉는다. 지난 새벽, 나와 함께 오래오래 음악을 들어서인지 아직도 꿈

속을 헤매는 것 같다.

　―다미야, 이리 와.

　창밖 새들에게 정신이 팔려 있던 다미는 꼬리를 살랑거리다가
폴짝 뛰어내려 그녀에게로 가볍게 뛰어오른다.

　―너 때문에 일찍 깼으니까 책임져, 알았지?

　그녀는 모른다. 오늘 새벽, 그녀가 잠든 사이 나를 괴롭히던 다
미의 행동을. 워낙 끈을 좋아하는 녀석은 책상에 놓인 나를 발로
툭툭 치며 장난을 걸었다. 다행히 나를 향한 다미의 관심은 그리
오래가지 않았다. 그녀는 다미의 앞발을 번쩍 들고 녀석의 눈을
바라본다. 유리구슬처럼 투명한 다미의 눈을 바라보는 그녀의 눈
이 사랑으로 가득하다. 세상 그 무엇도 너보다는 예쁘지 않을 거
야,라고 말하는 갈색 눈동자.

　외출 준비를 마친 그녀가 늦은 밤까지 작업했던 노트북을 가방
에 담는다. 소설책 한 권과 노트 한 권, 지퍼가 달린 가죽 필통도

함께. 마지막으로 나를 돌돌 말아 레몬색 후드 재킷 주머니에 넣는다. 언제나 나를 잊지 않는 그녀. 그녀와 함께 외출하는 순간을 얼마나 기다렸던지. 오늘처럼 날씨가 좋은 날은 더더욱. 그녀가 현관에서 빨간색 스니커즈를 찾아 신는다. 마지막으로 다미에게 인사한다.

　　―다녀올게.

　다미는 늘 그렇듯 무심한 척하지만 문이 닫힐 때까지 그녀에게서 시선을 거두지 않는다. 낮은 계단을 가벼운 발걸음으로 총총총 걸어 내려간다. 쏟아진다는 표현이 어울리는 아침햇살도 모든 걸 가능케 하는 마법처럼 신비롭다. 그녀는 걸음을 멈추고 살포시 눈을 감는다. 고개를 뒤로 젖히고 따사로운 햇볕을 얼굴로 받아들인다. 그리고 주머니에서 주섬주섬 나를 꺼내어 양쪽 귀에 꽂는다. 나를 통해 흐르는 음악. 경쾌하고 빠른 기타 연주. 발걸음이 저절로 가벼워지는 음악. 오늘은 '데파페페'의 〈Start〉다.
　'매일 너와 함께 아름다운 노래를 들을 수 있어서 정말 좋아.'
　내 목소리가 들리진 않겠지만, 한여름 푸른 이파리 사이로 쏟아지는 햇빛만큼 눈이 부신 그녀에게 속삭여본다. 때론 신나는 노래로, 때론 위로를 안겨주는 음악으로 그녀를 토닥일 수 있어서 행복하다. 비록 그녀의 귀에 꽂히는 이어폰이지만 그녀의 마음, 아니 하루를 책임지는 나. 책을 읽을 때, 나른한 오후 잠을 멀리 쫓을 때, 문득 누군가와 함께했던 추억의 노래가 생각날 때, 슬픈 노래를 들으며 엉엉 울고 싶을 때. 모든 순간, 나는 그녀와 함께한다. 단 둘이 듣는 노래. 나는 그녀의 이어폰이다.

"나는 어두운 귓속으로 들어가도,

음악이 입혀진 당신의 오늘은
반 짝 반 짝   빛 나 길 . "

누군가의 취향

누군가의 꿈

●

　나는 누구일까요? 나는 사람들의 취향이 정확히 둘로 나뉘는 물건이에요. 나를 거들떠보지도 않는, 심지어 하찮은 쓰레기로 여기는 사람이 있는가 하면, 나를 보면 어쩔 줄 몰라 하는 사람도 있죠. 나는 그림, 사진, 인물, 동물, 입체, 캐릭터, 투명, 반투명 등 종류도 다양해요. 나를 좋아하는 사람들은 구하고 싶은 내가 생기면 갖은 방법을 동원하여 나를 구하려 들지요. 그렇게 나는 벽이나 다이어리에 붙여지기도 하고, 필통이나 노트북을 장식하죠.

　나를 보면 그 사람의 취향을 알 수 있어요. 벽 한가운데 나를 턱하니 붙이는 사람 혹은 자신만 볼 수 있는 컴퓨터 모니터 구석에 나를 붙이는 사람 등 나를 어디에 붙이는지를 통해 그 사람이 대담한지 소심한지, 꼼꼼한지 덤벙대는지를 알 수 있죠. 내겐 메시지를 함축하는 힘이 있어서, 기타 케이스나 자동차 유리, 머그잔, 화장대 거울에 붙여져 다양한 이야기를 전하곤 한답니다. 그때마다 나는 궁금해져요. 당신이 무슨 이유로 나를 붙였는지 말이에요. 그래서일까요. 나는 작은 것에 감동할 줄 아는 사람이 좋아요.

외진 곳에서 나를 발견하고 멍하니 웃는 사람, 내가 전하는 메시지에 잠시 생각할 줄 아는 사람이 좋아요. 나에겐 누군가의 꿈이 담겨 있어요. 누군가의 희망과 사랑하는 마음이 들어 있어요. 지금, 당신의 주변을 살펴보세요, 내가 보이나요?

"아빠 자동차 문에 나를 붙인
꼬마 K는

오늘도 혼이 났죠."

하
소
연

●

　'아이고 어지러워, 그만 좀 돌려!'

　승욱은 엄지와 검지를 이용해 나를 돌리고 있다. 글이 써지지 않을 때마다 하는 행동이다. 짜증이 난다며 쾅! 소리가 날 정도로 원고지에 나를 내려놓거나 며칠째 감지 않은 머리를 긁었다가 내 머리를 잘근잘근 씹기도 한다. 여느 작가들과 달리 승욱은 원고지와 샤프를 고수한다. 키보드를 두드려 자판으로 '찍는' 글과 원고지에 직접 연필로 '쓰는' 글의 감성은 결코 같을 수 없다는 스승의 가르침 때문이다. 물론 원고가 완성되면 컴퓨터로 옮겨 '찍어서' 출판사에 보내지만 말이다. 번거롭게 왜 두 번 일을 하느냐는 주변의 만류에도 불구하고 승욱은 원고지에 연필을 고집하고 있다.

　그런데 오늘은 유난히 글이 안 써지나 보다. 한 시간이 지났건만 한 글자도 쓰지 못하고 있다. 자신의 손톱을 물끄러미 바라보며 '손톱을 깎을 때가 되었다'라고 썼다가 첫 장을 찢어버렸다. 아마도 승욱은 저녁까지 단 한 줄도 쓰지 못할 것이다. 5년째 그와 함께해온 내가 장담하건대, 승욱은 벌건 대낮에는 글을 잘 쓰지 못한다. 오늘 나는 그가 글을 쓰기 시작할 새벽 두시까지 계속 돌려지고 잘근잘근 씹힐 것이다. 이제 그만 쉬고 싶은데, 5년 전 나를 가지고 글을 써서 문학상에 당선된 후로는 내가 없으면 안 된다는 자세로 글을 쓰고 있다. '그건 쓸데없는 징크스야. 글이란 가슴과 머리에서 나오는 거라고' 외쳐보지만 들을 리 만무하다. 이래저래 나는 답답하고 고통스럽다.

승욱은 계속해서 나를 빙글빙글 돌리고 있다. 원고를 제날짜에 넘기지 못할까봐 불안해하는 모습이 역력하다. 그래도 이건 아니지. 네가 내 입장이 되어봤어? 너무 울렁거린다고, 어지러워 죽을 것 같다고. 이봐, 승욱. 난 할 만큼 했다고. 네게 문학상도 안겨주었고, 5년 동안 세 권의 소설과 에세이를 만들어주었고, 매달 쓰는 여러 연재에도 충실했다고. 그러니, 이제 그만 쉬게 해줘. 아님 얌전히 글만 쓰든지. 응? 제발!

"내게도 손이 있어서

배고플 때

샤프심을 먹을 수 있다면

좋겠어."

오
래
된

물
건

●

　뿌연 먼지를 뒤집어쓴 채 아주 오랫동안 잠들어 있었다. '얼마나 시간이 지난 거지?' 내가 긴긴 잠에서 깨어난 건 책장 꼭대기 근처에서 뭔가를 뒤지는 소리가 들렸기 때문이다. 소리의 주인공은 Y였다.

　'얼마 만이야! 반가운데? 근데 나를 찾는 거니?'

　Y는 책장에 올라서서 손을 더듬거리더니 드디어 나를 만졌다.

　―아! 여기 있다! 찾았어.

　'지금 나를 발견한 거야? 영영 찾지 않을 거라 생각했는데.'

　Y는 나를 집더니 조심조심 의자 아래로 내려와 내 위로 내려앉은 먼지를 쓱쓱 닦았다. 그럴 거까진 없는데……. 갑자기 눈물이 핑 돌았다.

　Y가 고등학교 2학년 때였을 것이다. Y는 기말고사를 마치고 엄마를 졸라 당시 가장 인기 있었던 'SONY' 워크맨을 손에 넣었다.

그리고 나 같은 카세트테이프를 하나씩 장만했다. 오랜 시간 나와 함께했던 워크맨은 어느 날부턴가 CD플레이어에게 자리를 내주고 서랍 깊숙이 처박혔다. 워크맨과 함께 내 인생도 그렇게 끝난 듯했다. 그날 이후, 나는 책상 서랍으로 들어갔다가 몇 년에 한 번씩 책상 정리할 때에 맞춰 작은 박스로, 창고로 이리저리 옮겨다녔다. 다행인 건 그때마다 Y가 쓰레기통에 나를 넣지 않았다는 것. 그녀는 귀찮지만 버리긴 좀 아쉽다는 표정으로 나를 이리저리 옮겨놓았다. 재생되는 것을 포기한 나는 긴 잠에 빠졌다. 어차피 나의 전성시대는 끝났으니까.

나는 알고 있다. 그녀가 수많은 카세트테이프 중에서도 나를 버리지 못하는 이유를. 용돈을 아등바등 모아 새로 산 테이프가 아닌, 누군가 듣다가 넘겨준 테이프였는데도 그녀가 나를 간직한 이유는 따로 있었다. 십수 년이 흐른 오늘, 더듬더듬 나를 찾은 이유도 알 것만 같다. 그래, 그건 추억이라는 것이었다. 그와 함께 이어폰을 나눠 끼고 듣던 그 음악. 나를 버리는 것은 그와 함께했던 그 시절을 버리는 것이었다. 에이. 갑자기 눈물이 나려고 한다.

─안 버렸구나. 이게 아직도 있었어.

누구나 오래된 물건을 발견하면 추억에 잠기게 마련이다. 어떤 사람도 아무런 감정 없이 오래된 물건을 마주하진 않는 법. 좋은 추억이든 나쁜 추억이든 물건은 누군가의 인생의 한 부분이다. 나 또한 그녀 인생의 아주 작은 일부였고 좋은 기억일 것이다. 비록 워크맨이 없어져 나를 다시 듣진 못하겠지만, 나를 보는 것만으로도 충분하다는 Y의 얼굴에 괜스레 뭉클해진다. 참, 오랜만이다.

사 / 물 / 의 / 한 / 마 / 디

"아무리 내가 좋아도 그렇게 자주 듣진 말아요.
테이프가 늘어나면 슬퍼질걸요."

눈부신 날의 이별

●

　정민은 미리 맞춰놓은 알람 시간보다 20분 먼저 눈을 떴다. 오전 7시 30분에 맞춰놓은 알람시계는 자신이 깨우기 전에 일어난 정민 때문에 머쓱한 모양이다. 그녀는 양치질을 하고 고양이 세수를 마쳤다. 음식을 만든 뒤 제대로 씻을 생각이다. 수건으로 대충 물기를 훔치고 바로 주방으로 향했다. 냉장고 문을 열어 어제 사다 둔 샌드위치 재료를 하나둘 꺼냈다. 어제 퇴근 후 마트에 들러 장만한 나는 주방이 보이는 거실 한쪽에 덩그러니 놓여 있다. 아침부터 매미가 우렁차게 울어대는 걸 보니 비는 오지 않을 것 같다.

　'제법 덥겠는데.'

　나는 벌써부터 오늘 하루가 걱정됐다. 하지만 내 걱정은 아랑곳하지 않고 정민은 달걀을 냄비에 넣고 삶기 시작했다. 소풍의 메뉴를 샌드위치로 결정한 건 기현이 밥보다 빵을 좋아하기 때문이다. 소풍을 제안한 건 정민이었다. 1년 반 동안 연애하면서 단 한 번도 그를 위한 도시락을 만들어본 적이 없었다. 미안한 마음도 들고 시들해진 것 같은 둘의 관계 회복을 위해 그녀는 소풍을 가자고 제안했다.

─비 올까 봐 걱정했는데, 다행이다. 그치?

─그러게. 날씨 좋네. 조금 덥긴 하지만.

　두 사람은 커다란 은행나무 아래 자리를 잡았다. 기현은 들고 있던 나를 누군가 이미 다녀간 듯 풀들이 하나같이 뒤로 누운 잔디밭에 펼쳤다.

─새로 샀어?

　양팔을 쭉 뻗어 한번에 펼치려는 듯 나를 펄럭이며 그가 말했다.

─응. 앞으로도 종종 소풍 가려면 필요할 것 같아서.

　자주 소풍 오자는 정민의 말에 기현은 입을 꾹 닫았다. 잘했네, 라고 해주면 좋으련만. 조금 서운해진 정민은 돗자리에 무릎을 대고 앉으며 도시락을 내려놓았다.

*

　한 달 전부터인가. 무슨 이유에서인지 기현은 말수도 줄어들고 나를 만나는 횟수도 점차 줄였다. 한번은 술을 잔뜩 마시고 도대체 뭐가 불만이냐고 투정도 부려봤지만 심드렁한 표정만 지을 뿐 속내를 드러내지 않았다. 나는 다짐했다. 이번이 마지막이야, 이렇게까지 했는데도 변화가 생기지 않으면 그의 마음이 떠난 거야, 관계 회복을 위해 최선을 다해보고 그래도 안 되면 헤어지는 게 맞아. 하지만 직접 만든 샌드위치에 과일과 음료수 등을 바리바리 싸들고 나타난 나를 보고도 기뻐하거나 놀라는 기색 없는 기현을 보니 '정말 끝난 건가'라는 생각이 들었다. 감격까지는 아니더라도 의외라는 반응 정도는 보였어야 했다.

*

—내가 달걀 샌드위치 만들었어. 먹을래?

기현은 빨간색 도트 무늬가 찍힌 3층짜리 찬합을 힐끗 보더니 '나중에'라고 말했다. 실망한 정민은 당황한 기색을 다급히 감추어야 했다. 두 사람은 신발을 벗지 않고 엉덩이만 내게 살짝 올려놓은 뒤 조금 어색하다 싶을 만큼 떨어져 앉았다. 정민은 왠지 서글퍼 보였다. 기현의 얼굴에 조금은 짜증스럽다는 표정이 스쳤다. 결국 멀리서 꼬마 아이와 아빠가 공을 주고받으며 노는 모습을 바라보던 정민이 먼저 입을 열었다.

─그 말을 직접 하는 게 그렇게 싫어?
─무슨 말이야?

낮은 음성으로 말하는 그녀를 돌아보며 기현이 물었다.

─헤어지자는 말. 그 말을 직접 하는 게 싫어서 이러는 거 아니야?
─…….
─그럼 내가 해줄게. 우리 헤어지자. 됐지?

기현은 놀란 표정을 지으며 그녀를 바라봤다. 고개를 바닥으로
떨군 그녀는 이미 눈가를 훔치고 있었다.

─나도 할 만큼 했어. 너의 마음이 돌아섰다는 걸 알고 잡으려고
　노력했지만, 여기까지 할래. 그만해, 우리.

이글이글 타오르듯 강렬한 오후 두시의 태양 아래에서 그들은
이별하고 있었다.

'정말 슬프네. 화창한 날의 이별이란 거.'

나도 모르게 속으로 말해버렸다. 언젠가 들었던 유행가 가사처럼 햇빛 눈이 부신 날의 이별은 비 오는 날의 이별보다 더 슬펐다. 내가 생각해도 남자답지 못한 기현은 뒷머리를 헝클어트리며 무릎 사이에 고개를 처박았다.

─미안해.

들릴 듯 말 듯 낮은 음성으로 그가 말했다.

─너무 지친다. 차라리 진작 끝낼걸. 아니지, 이렇게까지 해봤으니
   후회는 안 하겠지.

자리에서 일어난 정민은 엉덩이를 툭툭 털었다. 주섬주섬 기현이 따라 일어났고 오늘따라 반짝거리는 찬합은 돗자리에 덩그러니 남았다. 정민이 찬합을 손에 들고 기현은 30분 전에 펼쳤던 나를 다시 반으로 접기 시작했다.

사 / 물 / 의 / 한 / 마 / 디

"비가 온 다음날의 피크닉은 싫어요. 너무 축축하거든요."

09 비누

거
품

눈
물

비누

그녀를 못 본 지 이틀째다.

하루에 한 번은 꼭 봐야 하는 그녀이지만 무슨 일인지 그녀를 만나지 못하고 있다. 아무래도 그녀가 집 밖으로 나가지 않는 것 같다. 무슨 일이 생긴 걸까? 난 점점 줄어들어 많이 작아졌지만 그래도 그녀를 기다리고 있다. 내가 작아진다고 해서 그녀에 대한 사랑이 줄어드는 것은 아닐 테니까.

그녀

회사에는 3일 동안 병가를 냈다. 도저히 멀쩡하게 회사에 나갈 수 없을 것 같았다. 남자와 헤어졌다는 이유로 일을 할 수 없는 건 프로답지 못하지만, 나에게 그는 '그깟' 남자가 아니었다. 언제부터였는지 모르겠다. 우리의 사랑이 점점 줄어든 게. 밥을 먹을 때 아무 말도 하지 않던 그때부터였는지, 열흘간 만나지 않아도 아무렇지 않던 그때부터였는지, 전화 통화가 10분을 넘지 않았던 그때부터였는지. 이미 엎질러진 물이지만 궁금했다. 왜 이렇게 된 건지 그 이유를 알고 싶었다.

비누

그녀가 욕실 문을 열고 힘없이 들어섰다. 이틀 사이에 초췌해진 모습. 늘 도도하고 완벽해 보이던 그녀가 왜 저렇게 된 거지? 그녀는 누구보다 깔끔한 사람이었다. 덕분에 내가 빨리 줄어들었지만, 나를 아껴주는 그녀의 마음 때문이라 생각하니 점점 작아지는 내 모습이 그리 슬프지만은 않았다.

그녀

욕실 거울에 비친 모습이 엉망이다. 더이상 누군가를 위해 향기 나는 비누를 쓰고 싶지 않다. 아니, 쓸 필요가 없다. 이제 그는 내 곁에 없으니까. 세면대 위에 덩그러니 놓여 있는 비누가 서글프다. 비누는 거품이 일어 그대로 말라 있다. 살아갈 의욕이 없어진다는 건 생각보다 무서운 일이다. 아무것도 하고 싶지 않다. 밥도 먹기 싫고 씻는 것도 싫다. 생각해보니 그동안 내가 아닌 누군가를 위해서만 살았던 것 같다. 한순간 사라져버린 그 사람이 내 인생을 움직이고 있었다.

비누

거품은 내 눈물이다. 거품 자국은 눈물이 말라 굳어진 것이다. 하루에 다섯 번 이상 그녀를 볼 수 있었다. 내 몸이 줄어드는 것은 조금도 불행하지 않았다. 어두운 욕실에 몇 시간 동안 갇혀 있는 게 두려울 뿐. 48시간이라는 시간은 너무 긴 시간이었다. 거품 눈물을 닦아줄 여유조차 없다니.

그녀

수도꼭지를 틀었다. 차가운 물이 손끝에 닿자 나도 모르게 흠칫 놀랐다. 보랏빛 비누를 들어 손에 비볐다. 3분의 1 크기로 줄어든 비누가 손에 쏙 들어왔다. 물을 묻혀 거품을 만들었다. 비누에서 라일락 향이 났다. 그가 좋아했던 향기. 수도꼭지 아래 비누를 대고 계속 비볐다. 더 작게, 더 작게 만들고 싶었다. 비누만 봐도 생각나는 그가 지긋지긋하다. 화가 났다. 세면대는 거품으로 가득했다. 라일락 향기에 눈물이 흘렀다.

비누

그녀의 눈에서 눈물이 흘렀다. 나는 점점 더 작아졌다. 물살에 쓸려 나가는 몸은 괜찮다. 그녀가 나를 만져주고 있으니까. 이제 곧 나는 사라질 것이다. 나도 사라질 테고 그녀가 잊고 싶어하는 그와의 추억도 사라질 것이다. 다행이다. 이렇게라도 그녀를 도울 수 있어서.

"요즘은 물비누, 종이비누
뭐 그런 것도 있다던데……

그 래 도   비 누 하 면
　　　　　역시 나 아니겠어요?"

양
초
의

소
원

●

    나는 사람들이 생각하는 슬픈 이미지 중 하나예요. 사람들은 나를 두고 희생의 대명사처럼 말하죠. '자신의 몸을 녹이면서 주위를 밝게 비춰주는……' 이제 와서 하는 말인데, 그런 말, 좀 지겨워요. 별거 아닌 나를 높이 평가해주는 건 좋지만 언제까지 슬픈 희생의 이미지로만 남아야 하는지 답답해요. 생각해봐요. 나는 슬플 때는 물론 기쁘고 행복할 때도 많이 찾잖아요. 생일에 케이크가 빠지면 섭섭하겠죠? 그보다 더 섭섭한 건 내가 빠지는 거예요. 생일 케이크에 초를 켜지 않으면 아무 의미가 없잖아요. 크리스마스에도 사람들은 분위기를 잡기 위해 나를 이용하죠. 한 가지 더! 남자가 여자에게 프러포즈할 때! 본 적 있죠? 수십, 수백 개의 나를 이용해서 하트를 만들거나 길을 만드는 이벤트 말이에요. 그러니까 이제 나를 희생 같은 우울한 이미지로부터 벗어나게 해주세요.

    사람들은 모일 때마다 나를 찾아요. 그리고 눈물을 흘리죠. 사람들이 무언가에 항의하며 싸우고 힘과 마음을 모을 때 나를 사용하는 것은 나쁘지 않아요. 하지만 다시 말하건대 이제는 기쁜 마음으로 참가하고 싶어요. 그러니까 너무 슬픈 눈으로 나를 바라보지 말아요. 이제 더이상 나를 보며 눈물짓지 않았으면 해요. 비록 공장에서 똑같이 뚝딱뚝딱 찍어내는 양초에 불과하지만, 내게도 생각이 있고 감정이 있다고요.

마지막으로 한 가지 소원이 있어요. 들어줄 거죠? 다음에 또다른 초로 태어난다면 향긋한 향을 풍기며 사람들이 나를 보고 미소짓는 향초로 태어나고 싶어요. 타닥타닥 기분좋은 소리로 사람들의 귀를 즐겁게 해주고, 가을 숲 나무와 낙엽의 향을 가지고 태어난, 빨갛게 잘 익은 가을 사과의 향을 담고 태어나는 그런 향초 말이에요. 내 소원, 이루어질 수 있을까요?

사 / 물 / 의 / 한 / 마 / 디

"가끔은 시간이 멈춘 것처럼

오 랫 동 안   나를 바라보는

누군가와 눈을 마주봐요."

비가 오면 생각나는

●

후드득 후드득.

좁고 답답한 현관 신발장에서 잠든 내 귀에 반가운 소리가 들렸다. 내가 좋아하는 비가 내리는 소리다. 후드득 떨어지던 빗방울은 어느새 굵은 빗줄기로 바뀌고 있었다.

쏴아~

거의 2주 만의 비 소식인 것 같다. 날씨는 덥고 습했지만 비는 내리지 않았다. 사람들의 불쾌지수도 높아졌다. 드디어 밖으로 나갈 수 있다는 생각에 입이 한껏 찢어지고 있었다.

—이게 얼마 만이야!

—그렇게 좋아?

비 오는 소리에 깬 건지 옆에서 자는 줄 알았던 자주색 삼단 접이식 우산이 끼어들었다.

—당연하지! 넌 안 좋아? 어둡고 답답한 이곳에서 잠깐이라도 나

갈 수 있게 됐는데?

자주색 삼단 우산은 나를 보면서 흐뭇한 미소를 지었다. 짙은 초록색 우산인 나는 8개의 살을 가졌다. 요즘 나오는 우산처럼 작게 접히는 우산은 아니지만 그만큼 탄탄하고 튼튼하다. 선명한 초록색. 나는 그녀가 좋아하는 색의 옷을 입고 있다. 그러니까 나는 그녀의 우산. 그가 가방에 쏙 들어가는 자주색 삼단 우산을 선물했지만, 그녀는 늘 나를 찾았다.

─커다란 우산 위로 빗방울 떨어지는 소리를 듣는 게 좋아.

언젠가 그녀는 말했다. 손잡이로 전해지는 우산의 무게와 비의 진동을 느끼는 게 좋다고. 그에게는 우산을 자주 잃어버리니 차라리 큰 우산이 낫다고 거짓말을 했다.

─비가 오네.

잠에서 깬 그녀가 체크무늬 커튼을 젖히며 기지개를 켰다.

―시원하게도 온다. 드디어 장마 시작인가.

장마라고 하기에는 조금 이른 것 같지만 확실히 비 오는 날이 잦아졌다.

―이제 우리나라도 건기와 우기로 나뉠 것 같아. 여름 내내 비가 많이 오잖아. 전에는 장마철 한 달만 비가 왔는데 이제는 여름의 시작부터 끝까지 비가 계속 올 거래.

그와 헤어진 지 1년이 지났지만 비를 볼 때마다 그의 말이 떠오른다.

―비가 좋아?
―응, 좋아. 비 올 때 밖에 있는 것도 좋지만 집이나 카페에서 비를 보는 게 더 좋아. 갑자기 내리는 비를 피하는 사람들을 보는 것도 재미있고.

그는 못 말린다며 그녀의 볼을 살짝 꼬집었다. 그녀를 귀엽다는 듯 바라보는 눈빛. 행복한 시절은 왜 이토록 잊히지 않는 건지.

창문 앞에서 팔짱을 낀 채 한참 동안 비를 바라보던 그녀가 나가야지, 라고 말하며 욕실로 들어갔다.

나도 그녀처럼 비를 좋아한다. 당연하다고? 천만에 말씀. 비를 싫어하는 우산도 제법 많다. 그들은 하나같이 어딘가 망가져 있다. 배 아프다고 꾀병 부리며 학교에 가지 않는 아이처럼 우산도 꾀병을 부릴 때가 있다.

―좀 있으면 나가겠네? 좋겠다. 비, 실컷 맞고 와.

나는 고개를 끄덕이며 자주색 삼단 우산을 봤다.

―오늘도 널 갖고 나가겠지? 난 잠이나 더 잘래.

자주색 삼단 우산은 이미 눈을 감고 잠을 청하고 있었다. 조금 미안한 생각이 들었다. 선물이라는 기쁜 이유로 이 집에 왔지만, 그동안 거의 외출하지 못했으니까.

쏴아 ~ 쏴아 ~

빗소리가 제법 커졌다. 여름비의 시작인가 보다.

'이제 자주 밖으로 나갈 수 있겠어.'

들뜬 마음이 진정되지 않았다. 그녀의 몸을 비로부터 보호해주고, 버스도 타고 회사도 가고 친구들도 만날 것이다. 밖에 나가 비를 맞는 것도 좋지만 비 맞기 전의 기다림이 나를 행복하게 한다.

8시 10분. 출근 준비를 끝낸 그녀가 현관 앞에 섰다. 신발장 위 열쇠꾸러미를 손에 쥐고, 신발장을 열어 빨간색 줄이 들어간 회색 장화를 꺼낸다. 이번에는 내 차례다. 그녀는 신발장 반대쪽 문을 열어 안을 들여다본다. 나는 반가운 눈빛으로 그녀를 맞이한다. 속으로 오랜만이라고 인사도 해본다.

─오늘은 왠지 이 우산이 쓰고 싶네.

그런데 그녀가 집어든 우산은 내가 아니었다. 자주색 우산을 집어든 그녀는 3초 가량 그것을 바라보았다. 무슨 일이지? 난 얼떨떨한 표정으로 그녀를 보았다. 그녀의 손에 잡힌 자주색 우산도 놀라긴 마찬가지였다. '왜 나지?'라는 표정으로 멀어지는 나를 돌아본다.

―어, 왜 내가 나가는 거지?

　그녀는 무슨 생각인지 내가 아닌 자주색 접이식 우산을 들었다. 그가 가방에 쏙 넣고 다니라고 건넨 접이식 우산. 그가 다시 생각난 걸까? 그와 헤어진 후 한 번도 쓰지 않던 우산이다. 네가 좋아하는 초록색 우산이 여기 있다고 소리치고 싶었다. 서운하고 속상해서 망연자실한 눈으로 지켜보는 수밖에. 곧이어 문이 닫혔다. 쾅.

　사랑도 이럴까. 늘 내 맘 같지 않을까. 기다리는 누군가는 오지 않고 필요하지 않은 누군가는 찾아오는. 세차게 쏟아지는 비만큼이나 많은 눈물이 주룩주룩 흘렀다.

"지하철, 카페, 서점……
나를 잠깐 내려놓았던 당신은

돌아오지 않았어요."

러
브 메
신
저

나는 편지지와 달라요. 어떤 사람은 다를 게 없다고 말하지만, 나는 분명 다르다고 생각해요. 사람들은 편지지에 사랑을 고백하고, 일상의 아름다움을 얘기하고, 축하의 마음을 전하죠. 하지만 나와 다른 게 있어요. 바로 이별. 사람들은 때로 편지에 이별을 적지만, 엽서에는 사랑은 고백해도 이별을 통보하지는 않으니까요. 하긴 엽서니 편지지니 모두 옛날이야기라고 할지 모르겠어요. 당신은 나를 잊었을지 모르지만, 아직도 누군가는 손으로 글을 써서 이별을 통보하고 사랑을 고백한답니다. 바로 이 사람처럼요.

　어제 저녁 7시, 재희는 하루 일을 마치고 집으로 돌아왔어요. 늘 그렇듯 저녁을 먹고 샤워를 하고 책을 읽는가 싶더니 책상에 앉아 작은 스탠드를 켰어요. 그리고 서랍에 있던 나를 꺼냈죠. 깜깜한 서랍에서 한 달 동안 있었던 나는 밖으로 나갈 수 있어서 무척 기뻤어요. 재희는 한참 동안 나를 바라보았어요. 무언가를 간절히 원하는, 하고 싶은 수많은 말들을 정리하는 눈빛. 그래요, 그건 사랑을 막 시작한 사람의 눈빛이었어요. 예쁜 펜을 꺼낸 재희

는 정성껏 쓰기 시작했어요. 내용이 궁금해진 나는 조금 미안하
지만 재희의 고백을 엿봤답니다.

    K에게

    참 오랜만에 손으로 글을 써봅니다. 힘든 하루를 마친 당신이
이 엽서를 보고 조금이나마 웃을 수 있었으면 좋겠습니다. 벌써
석 달째예요. 당신과 만난 지도. 이미 눈치챘겠지만, 당신을 많
이 좋아하고 있습니다. 전화로 말하거나 문자 메시지로 쉽게 보
낼 수 있겠지만, 당신에게 만큼은 손으로 쓴 엽서를 보내고 싶었
어요. 그래서 집으로 돌아오는 길에 다짐했어요. 오늘은 꼭 고백
하는 엽서를 써야겠다고. 당신처럼 좋은 사람은 절대로 만나지
못할 것 같아 용기를 내봅니다. 벌써 엽서가 꽉 찼네요. 하고 싶
은 말은 반도 못했는데. 매일 똑같은 우리이지만, 늘 다른 모습
으로 반겨줘서 고마워요.

                                                        재희.

    정성스럽게 한 자 한 자 꾹꾹 눌러쓴 엽서에 재희의 미소가 스
며들었어요. 두 사람은 벌써 사랑을 시작했을지도 몰라요. 재희

가 좋아하는 K는 쉽게 전화나 문자 메시지가 아닌 엽서로 고백하고 싶은 사람이라는 게 정말 감동적이었어요. 나를 그 사람에게 보내줘서 고맙다고 말하고 싶을 만큼요. 내가 그에게 전해져 재희가 더 행복하면 좋겠어요. 화사한 봄꽃이 그려진 내가 눈부시게 아름다운 봄날에 재희가 사랑하는 K에게 전해지는 날이 벌써부터 기대가 되네요.

사 / 물 / 의 / 한 / 마 / 디

"그 많던 엽서 수집가는
어디로 갔을까?"

소설에 대하여

나는 그녀의 책이다. 얼마 전 그녀의 부름(결제)을 받고 택배로 도착한 나는 한 권의 소설이다. 같은 날 나와 함께 도착한 책들은 모두 8권. 그중에서도 나는 가장 먼저 그녀에게 선택되었다. 그녀가 혼자 사는 집에는 책이 참 많다. 철학, 역사, 자기계발, 재테크 등 그녀는 다방면의 책을 골고루 읽는 것 같다. 나의 작은 바람이 있다면 그녀가 가장 먼저 읽고 나서 책들이 가지런히 꽂혀 있는 저 책장에 작게나마 보금자리를 차지하는 것이다.

사람들은 소설은 읽을 때뿐이라고 생각하는지 읽고 나면 늦은 밤 출출할 때 라면을 끓여먹을 때 냄비 받침으로 쓰는 등 책꽂이가 아닌 다른 곳에 나를 방치해둔다. 그런 사람에게 우리는 단지 시간 때우기용이나 어려운 책을 읽다가 잠시 쉬어가는 용도인 듯하다. 하지만 과연 그럴까. 소설에는 다른 책에서는 결코 볼 수 없는 삶에 관한 이야기와 철학이 담겨 있다. 2002년 월드컵 4강 신화를 일군 히딩크 감독도 '평소 어떤 책을 주로 읽느냐'는 기자의 질문에 '소설'이라고 했다. 축구 경기를 이기기 위해 전략서나 축

구를 테마로 한 책을 읽을 거라 생각했는데 정작 히딩크 감독은 소설에서 많은 것들을 배운다고 했다. 그가 훌륭한 리더십을 지녔으면서도 인간적인 너무나 인간적인 사람으로 지금까지도 기억되는 것도 소설 때문인지 모른다. 히딩크 감독은 알고 있었던 것이다. 기발한 상상력과 다양한 캐릭터는 소설에서만 맛볼 수 있는 거라는 것을, 살아가면서 우리가 만나고 부딪혀야 할 사람들을 소설에서 미리 만날 수 있다는 것을 말이다. 물론 내가 소설책이라고 해서 이런 말을 하는 건 아니다. 내가 진정 하고 싶은 이야기는 인간의 삶을 다루었다는 점만으로도 소설은 충분히 두고두고 읽을 만하며, 오래도록 소중히 간직할 만하다는 것이다.

옛 인디언 속담에 "그 사람의 신발을 신어보지 않고 그 사람에 대해 이야기를 하지 말라"는 말이 있다. '신발을 신어본다'는 말 대신 '책을 읽어본다'는 말을 넣어도 이상하지 않을 것 같다. 소설은 그런 책이다. 당신 곁에 두고두고 읽는 책, 영원히 간직할 만한 책.

"헌책방에 나를 팔았던 S는
몇 년 뒤 다른 지역 헌책방에서
나를 발견했다.

나는 S의 집으로 돌아왔다."

나는 '진짜,
고양이로소이다

●

　그래, 난 고양이 종이인형이야. 하지만 사람들이 모르는 게 있어. 그건 바로 사람들이 자리를 비우면 진짜 고양이로 변한다는 것. 나의 농익은 연기력과 순진무구하고 초롱초롱한 눈망울 때문에 전혀 의심하지 못했을 거야. 히힛. 참, 사람들이 없으면 난 두 발로 걸어 다니지. 다행히 사람들은 집에 있는 시간보다 밖에서 보내는 시간이 많아서 난 비교적 자유로워. 사람들은 자기가 집을 비운 사이에 우리와 놀아주지 못해 발을 동동 구르는 것 같던데 그럴 필요 없어. 걱정하지 않아도 된다고.

　난 혼자 있는 게 좋아. 컴퓨터를 켜서 인터넷 여기저기를 돌아다니고, 고양이 친구들과 이메일도 주고받지. 아쉽게도 주말과 휴일에는 사람들이 집에 오래 있어서 이메일을 확인하지 못할 때가 많아. 그래서 월요일이면 이메일에 답장하느라 오전이 훌쩍 지나가곤 하지. '묘톡'이라는 이름의 무료 메시지 서비스를 통해 바로바로 대화를 나누는 재미도 얼마나 쏠쏠한지 몰라. 주인이 새로 바꾼 사료가 맛이 없다, 새로 사온 장난감이 마음에 들지 않는데 자꾸 코앞에 놓는다 등 친구들의 온갖 투정을 받아줘야 하지만 우리만의 대화를 나누다보면 답답했던 속이 풀리곤 해. 한참 이야기를 하다보면 출출해지는데, 그럴 땐 손으로 사료그릇을 들고 소파에 앉아서 텔레비전을 보며 아그작아그작 씹어 먹지. 하느님은 왜 우리 고양이들이 바닥에 놓인 그릇에 머리를 조아리며 먹게 만드셨을까? 사람들이 있는 저녁이나 휴일에는 그렇게 먹어야 하는 게 얼마나 불편한지 몰라. 출출했던 배를 채우면 따사로운 햇살이 감도는 거실 가장 좋은 곳에 자리를 잡고 깊은 잠에 빠져들지. 밤에 놀아야 하니까. 사람들이 곤히 잠든 시간, 우다다다~ 거실이나 방을 뛰어다니는 기분은 말로 표현할 수 없는 스릴을 안겨줘. '조용해'라고 소리 지르는 사람들이 귀엽기까지 하다니까. 추운 날씨에는 침대 밑이나 냉장고 위가 나를 위한 곳이야. 그렇다고 내가 종일 잠만 자는 건 아니야. 집에 놀거리가 얼마나 많은데 잠만 자겠어. 주인이 놓고 간 물그릇도 엎어주고, 선반에 올라가 장난감을 쓰러뜨리는 재미를 사람들은 알까? 물론 가끔 들켜서 혼날 때도 있지. 그럴 땐 동공을 최대한 크게 키우고, 검은 눈동자를 커다랗게 확장시킨 후 주인을 물끄러미 올려다보면 돼. 그럼 언제 그랬냐는 듯이 주인의 눈썹이 팔자로 변하면서 나를 꼬옥 감싸 안아주지. 히힛.

이런, 내 상상이 좀 지나쳤나? 고양이 종이인형 주제에 말이야. 흐흐. 하지만 잊지 마. 언젠가 아주 우연히 내가 진짜 고양이로 변하는 걸 보게 될지도 모르니.

사/물/의/ 한/마/디

"저도 새로운 종이인형이 오기 전까진
매일 다른 옷을 입어보는
패셔니스타라고요!"

마
지
막

옷

●

   나는 옷이에요. 그녀가 입는 마지막 옷. 그녀는 나를 '향수'라 부르지만 아무리 생각해도 난 옷이 맞는 것 같아요. 생각해보세요. 나를 입지 않고 외출하는 여자들이 과연 몇이나 될까요?

   '향수'라 불리는 그녀의 옷은 여러 벌 준비되어 있어요. 그녀가 애지중지 아끼는 화장대에서도 나는 반짝반짝 눈이 부시게 빛나죠. 나는 그녀의 외출 준비의 마지막을 장식해요. 오늘도 그녀는 나갈 준비를 하고 있어요. 우선 깨끗하게 세탁된 속옷과 부드러운 화이트 슬립을 꺼내 입어요. H라인 블랙 스커트는 그녀의 허리에 딱 맞는 것 같아요. 옆에서 보면 굴곡을 찾기 힘든 그녀이지만, 오늘 점심은 거르는 게 좋을 것 같아요. 화이트 블라우스는 단추를 두 개 정도 풀어주는 센스. 거울을 보며 머리를 살짝 매만지는 것도 잊어서는 안 되겠죠. 매끄러운 목선이 그대로 드러나는 업스타일은 어떨까요? 중요한 건 화장대에 앉지 말고 서서 준비하는 거죠. 그리고 드디어 마지막 옷을 입을 차례예요. 환한 오후에 그를 만나야 하니 오늘은 상큼한 라임향을 입고 나갈 것 같아요.

나는 그녀가 입는 가장 얇고 가벼운 옷이에요. 눈에 보이지 않는, 하지만 눈을 감으면 분명하게 보이는 옷. 오후가 되면 내 모습이 사라질 수도 있으니 파우치에 넣어 두었다가 다시 꺼내어 입는 센스도 잊지 말아요. 내가 아무리 마음에 든다고 해서 시도 때도 없이 칙칙 입지는 마세요. 내가 왜 완벽한 실루엣을 가진 집에 들어 있는지 헤아려주세요. 잊지 마세요. 당신의 완성은 나라는 것, 외출할 때 나를 입어야 하루가 완성된다는 것. 나는 당신이 입어야 하는 마지막 옷이에요.

"나는 바람이 무서워요.

바람이 불어오면
당신 곁을 떠나야 하거든요."

(16) **유리병**

내가 숨기고 싶은 이유

●

나는 숨기고 싶다. 감추고 싶다. 내 안에 든 모든 걸 있는 그대로 보여줘야 하는 나의 투명함이 싫다. 나를 사용하는 사람들은 내가 투명해서, 속에 무엇이 들어 있는지 바로 확인할 수 있어서 나를 좋아한다. 그러고 보면 난 유리병으로 만들어지면 안 되는 운명이었나 보다.

불투명한 유리거나, 도자기처럼 속을 전혀 알 수 없는 병들은 얼마나 좋을까? 사람들이 속내를 드러내지 않고 감추는 것처럼 나도 내 안에 든 무언가를 감추고 싶다. 아니 감추고 싶다기보다 사람들이 나를 보자마자 내 안에 무엇이 있는지를 바로 알아내는 게 싫다. 내 안에 소금이 들었는지, 흑설탕이 들었는지, 커피가 들었는지 사람들이 열어보지도 않고 알아채는 게 싫다.

그들이 내 모든 걸 알고 있다는 것 같은 느낌이 들기 때문이다. 맞는 말이다. 그들은 나를 궁금해하지 않는다. 내 안에 무엇이 들어 있는지 고민하지 않는다. 나에 대해 궁금증을 갖고 있지 않고 의문을 품지 않는다는 사실이 슬프다. 신비한 존재가 되고 싶은 건 아니지만, 나는 그저 나를 한번 들여다보고, 열어보고 확인해주었으면 하고 바라는 것이다. 사람들 세계에 비추어 설명하면 이런 거다.

"정민이? 정민이 뻔하지 뭐. 조용해서 사람들하고 어울리기 싫어하고, 어디 돌아다니기 싫어하는 거 말이야. 걔 뻔해. 딱 보이잖아. 내성적이야."

한 사람의 겉모습만을 보고 쉽게 판단해버리는 것.

"박대리 옷차림 봐라. 그냥 척 봐도 잘 놀게 생겼잖아. 그 사람 보나마나 클럽도 엄청 다닐걸?"

알고 보면 박대리는 책을 좋아하고, 요리하는 걸 즐기는 여자일 수도 있다. 다만 타이트한 옷을 좋아하고, 몸매가 좋으니 그런 옷들을 입어도 잘 어울리니까 그런 종류의 옷이 많을 수도 있다. 그 사람과 진지하게 30분도 이야기해보지 않고 겉모습만 보고 판단하는 사람들. 나를 대할 때 사람들이 딱 그런 마음일 것이다.

물론 나의 이런 바람이 비합리적이고 실용적이지 못하다는 걸 잘 안다. 나는 유리병이니까. 원래 이렇게 태어난 거니까. 하지만 내 마음이 그런 걸 어떡해.

나와 똑같이 생긴 다른 유리병은 이런 나를 보며 우습다고 비웃는다. 유리병 주제에 별걸 다 바란다는 것이다.

　—있는 그대로 봐주는 게 어때서? 솔직히 있는 그대로 봐주는 게
　　낫지. 안 그럼 자기들 마음대로 상상이나 하지.
　—난 그 상상이 좋아. 나에 대해 상상하고 생각하는 게 좋다고.

　그들의 말도 틀리지 않지만, 난 사람들의 관심이 그리웠던 것뿐이다. 그들에게 소금이 필요할 때 내 안에 설탕이 들어 있다면 나는 만져보지도 않고 그냥 지나치는 게 싫었던 것이다. 나는 '설탕이 든 병'이라고 판단해버리고 관심 갖지 않는 것.
　사람이든 하찮은 사물이든 누군가에게 꾸준한 관심을 요구하는 건 지극히 당연한 일이다. 나는 더이상 스스로를 이상하다고 생각하지 않기로 했다. 나는 나니까, 투명한 유리병이니까 이런 생각할 수 있는 거라고 믿고 싶다. 한 번도 투명해본 적이 없는 사람들은 내가 되어보지 않으면 내 마음이 어떨지 결코 알 수 없을 테니까.

사 / 물 / 의 / 한 / 마 / 디

"그렇지만 가끔 당신 마음이 나처럼 투명하게 드러나길 바랄 때도 있어요."

2 ... 광전, 시선을 피하다

난
괜
찮
겠
지,

너
없
이
도

●

그동안 액자로 태어난 걸 불행하다고 생각한 적은 없었다. 하지만 안타까운 게 하나 있으니, 그건 나에게 어떤 사진이 꽂혀 있는지 볼 수 없다는 것이다. 사람들은 나를 보고 빙그레 미소 짓는다. 누군가는 말없이 눈시울을 붉히고, 코앞까지 들이대며 뚫어지게 바라보기도 한다. 그때마다 나는 궁금하다. 도대체 어떤 사진이 들어온 걸까?

조금 시끄럽다 싶을 만큼 새들이 지저귄다. 아파트 앞에 야트막한 산이 있어서, 이곳의 아침은 늘 새소리로 시작된다. 사람들은 아파트가 잔뜩 쌓여 있는 도시에서 새소리를 들을 수 있다고 그녀를 부러워하지만 매일 새벽 5시 전후로 울어대는 새들이 그녀는 반갑지 않다. 그녀의 화장대에 놓여 있는 나는 베개로 귀를 막으며 아침을 시작하는 그녀를 바라봐야 한다.

―이사를 하든지 해야지.

오늘도 그녀는 버럭 짜증을 낸다. 장마가 끝나고 불볕더위가 시작되자 새들은 더욱 부지런해진 것 같다. 기분은 좋지 않지만, 그녀가 눈을 뜨고 가장 먼저 하는 행동은 나를 바라보는 것이다.

―잘 잤어? 오늘도 새소리 때문에 깨고 말았어.

눈빛은 투덜거리지만 입술은 살짝 미소 짓는 그녀가 내 유리 부분을 살며시 문지른다. 마치 누군가의 볼을 어루만지는 것처럼. 울음을 참는 아이처럼 코가 시큰해진다. 내게 들어와 있는 사진의 주인공은 분명 그녀의 인생에서 참 중요한 사람일 것이다.

시곗바늘은 6시 15분을 가리키고 있다. 여름의 아침.

―오늘은 휴가야. 그래서 더 자도 돼. 좋겠지?

콘솔 의자를 천천히 빼고 그 위에 앉은 그녀가 나를 보며 속삭였다. 추억을 곱씹는 표정. 애써 밝게 웃는 듯하지만 미소 뒤에 슬픈 얼굴을 감추진 못했다. 도대체 누굴까? 그녀를 어둡게 만드는 사진 속 주인공은. 몸보다 조금 뒤늦게 깨어나는 정신을 일으키기 위해 그녀는 허리를 곧게 펴고 거울 속 자신을 들여다본다. 유리잔에 담긴 물을 두 모금 정도 마시고, 목을 좌우로 움직이고 어깨에 뭉친 근육도 풀어본다. 그리고 다시 나를 본다.

　—난 괜찮아. 너 없이도.

　한참을 그렇게 멍하니 앉아 있던 그녀는 화장대의 머리카락을 주워 쓰레기통에 버리고, 화장품에 소복이 내려앉은 먼지를 티슈로 닦아내다가 나를 천천히 들어 사진 속 누군가를 슬픈 눈으로 바라본다. 아, 드디어 거울에 비친 사진 속 주인공을 볼 수 있었다. 미소가 아름다운 남자의 머리는 바람에 살랑이다 멈춘 모습이었다. 아마도 사진을 찍어준 그녀를 향한 웃음이었겠지. 사진에 고여 있는 그의 웃음 때문이었을까. 이른 아침 새에게 투정을 부리던, 졸린 눈을 비비며 슬픔을 감추지 않던 그녀의 얼굴에 서서히 웃음이 번져간다. 어떤 날, 그의 웃는 모습을 찍어주던 그날처럼, 나를 바라보며, 아니 그를 바라보며 살짝 입꼬리를 올린다.

사 / 물 / 의 / 한 / 마 / 디

　"내가 바닥에 떨어져 깨졌을 때, 사람들이 슬퍼한 까닭이 나 때문이 아니라 사진 속 누군가 때문이라는 걸, 나는 알았다."

이
불
신
경
전

●

오늘도 나를 먼저 찾아온 건 그녀였다. 여느 때처럼 그녀가 먼
저 잠자리에 드는 것 같다. 그녀는 침대에서 잠들기 전 언제나 책
을 읽는다. 그런데 오늘은 분위기가 좀 수상하다. '또 싸운 건가?'
샤워를 마친 그녀가 잠옷으로 갈아입고 나를 들추며 침대에 몸을
뉘었다. 지난 주말, 새 커버를 입은 나는 한결 깨끗하고 포근해졌
다. 하지만 두 사람의 마음까지 따뜻하게 감싸줄 수는 없는 듯하
다. 저녁 내내 표정이 좋지 않던 그녀는 나를 허리까지 덮고 책을
읽다가 이내 선반에 책을 놓고 이불 속으로 파고든다. 나를 귀까
지 올리고 벽을 향해 등을 돌리더니, 눈을 질끈 감고 나의 한 귀퉁
이를 움켜쥔다. 내 예감이 맞았다. 두 사람은 지금 냉전중이다. 오
늘밤, 나는 아주 피곤해질 것이다.

잠시 후, 남자가 들어왔다. 남자는 이불을 뒤집어쓴 여자를 힐
끗 보더니 나를 걷고 자신의 자리로 들어가 눕는다. 그 순간, 그녀
가 나를 자기 쪽으로 끌어당긴다. 그녀에게 질세라 남자는 내 반
대편 귀퉁이를 잡고 세게 말아 쥔다. 나는 순간 짜증이 치밀었다.

몸은 이불 속에 있지만 두 사람의 거리는 서울에서 부산보다 더 멀어 보인다. 침대 끝에 매달린 두 사람은 이제 곧 이불 쟁탈전에 들어갈 것이다.

　—하지 마. 좋게 말할 때.

　차갑고 낮은 목소리로 여자가 입을 열었다.

　—너나 하지 마.

　남자가 반항하듯 나를 끌어당긴다.

　—내가 먼저 왔거든?
　—그래서?

　여자는 남자의 얄미운 대꾸에 화가 나 나를 더 세게 잡아끈다. 남자의 몸이 절반쯤 내게서 벗어났다.

　—정말 이럴래?

남자가 벌떡 일어났다. 하지만 그녀는 꿈쩍도 하지 않는다. 차가운 등은 여전히 남자를 향해 있다. 부부싸움의 시작은 내가 아니었을 텐데 마지막은 언제나 내가 문제다. 억울하고 서럽지만 잠자코 듣고 있을 수밖에. 등을 돌리고 누워 있던 그녀가 갑자기 나를 걷어내고 자리에 일어나 앉는다.

—괜히 이불에 화풀이하지 말고 하던 얘기나 계속해.
—뭘 더 얘기해. 내가 알아서 한다니까.

남자는 당황한 말투로 여자의 질문을 피하려 한다.

—지금까지 당신이 해결한 게 있어? 결국 누가 피해를 보고, 누가 해결했냐고?

그녀의 목소리가 천장을 찌른다. 언제나 그렇듯이 그녀는 논리적으로 파고들고, 남자는 일단 피하고 보자는 식이다.

—에잇, 정말!

도저히 안 되겠는지 남자가 나를 걷어내고 침실 밖으로 나간
다. 씩씩거리며 그의 뒷모습을 바라보던 그녀는 체념한 듯 돌아
누우며 나를 머리끝까지 뒤집어쓴다. 그리고 소리내어 울기 시작
한다. 오늘밤, 그는 나와 그녀 곁으로 다가오지 않을 것이다.

"너는 내가
따뜻하다 생각하겠지?

내 겐   네 가
따뜻한데 말이야."

문

앞

의

봄

●

아이를 유치원에 보낸 그녀가 집으로 돌아왔다. 두꺼운 베이지색 카디건을 벗어 식탁 의자에 걸쳐놓는다. 모닝커피 시간. 정신 없이 아이를 유치원에 보내고 나면 언제나 머그잔에 믹스커피를 타서 베란다로 나온다. 오전 10시. 햇살은 따사롭지만 바람은 차다. 베란다에 들어온 햇살은 건조대에 널려 있는 빨래에게로 스며든다. 하나하나 빨래를 거는 그녀의 손길에 나도 포함되어 있다.

*

두 달 전, 육아 문제로 고민하던 나는 직장을 그만두었다. 대학을 졸업하자마자 들어가 10년 넘게 다녔던 잡지사였다. 누구보다 일 욕심이 많고, 그만큼 인정받던 나였기에 회사를 그만둘 거라고 생각한 이는 거의 없었다. 하지만 아이가 커가는 것과 일의 경력이 쌓여가는 것은 비례하지 않아서 결국 일을 그만두는 것을 선택해야 했다. 매번 아이에게 '미안하다'고 말해야 하는 스스로가 싫었다. 엄마란 자신의 꿈보다 아이의 미래를 위해 살아야 하는 존재라는 걸 조금씩 알게 되었다. 일기장에 '희생'이란 단어를 적어놓고 밤새 눈물을 훔치던 그날을 아직도 잊을 수 없다. 직장에 사표를 던지고 엄마와 주부로 살아간 첫 한 달은 그야말로 좌충우돌의 연속이었다. 하지만 두 달이 되어가는 지금은 본래 엄마의 삶을 살았던 것처럼 아무렇지 않다. 물론 가끔은 미치도록 일을 하던 때로 돌아가고 싶지만.

*

그녀는 이틀에 한 번 빨래를 한다. 아이를 키우는 집이 그렇듯이 하루에 쏟아지는 빨래의 양은 어마어마하다. 직장을 다닐 때는 빨래란 모름지기 세탁기가 해주는 거라고 생각했던 그녀였지만 지금은 빨래조차 단순하지 않다는 사실에 한숨을 내쉬는 주부로 변신하고 말았다. 그녀는 수건인 나를 다른 빨래들과 분리시킨 후 커다란 양동이에 넣고 폭폭 삶는다. 뜨끈한 물에서 목욕을 마치고 찬물에 헹궈진 후 빨랫줄에 걸릴 때의 기분은 이루 말할 수 없을 정도로 상쾌하다. 그녀가 나를 다루는 방법은 조금씩 세련되어져서, 언제부턴가는 색깔별로 나누어 깨끗이 삶고 있다. 딸깍. 물이 끓어 커피포트 스위치가 올라간 소리가 들린다. 미리 믹스커피를 넣은 머그잔에 뜨거운 물을 따른 그녀가 나를 빨랫줄에서 가져와 소파에 툭 던져놓는다. 하얀 김이 모락모락 피어오르는 커피를 한 모금 마신 그녀가 빨래 더미 속에서 하얗게 변신한 나를 골라 집고 착착 접기 시작한다. 그녀가 네모반듯하게 접어 톡톡 두 번 정도 친 후 단정하게 정돈하는 이 순간이 나는 가장 좋다.

나는 알고 있다. 두 달 전과 확연히 달라진 지금의 일상을 그녀가 좋아하지 않는다는 것을. 하지만 수건을 정리하는 그녀의 얼굴에 묻어 있는 편안한 웃음이 말해주듯이 그녀에게 가족이란 어떤 존재인지도 나는 잘 알고 있다. 그래서 차곡차곡 접혀 내 자리로 돌아가기 전 나는 늘 이렇게 속삭인다.

─생각해봐요. 나와 친구들을 빨래하는 시간이 어떤 의미를 갖는지, 회사에 있었다면 영영 몰랐을 거예요. 그리고 고마워요. 나를 늘 이렇게 보송보송하게 해줘서. 창문을 봐요. 봄이 성큼 다가온 게 보이지 않나요?

사 / 물 / 의 / 한 / 마 / 디

"내가 가장 좋아하는 때는 양머리 모양이 되어
뜨끈한 찜질방에 들어가는 순간인데."

비밀은 없다

●

—저는 두 사람의 결혼과 동시에 이 집에 들어온 화장대예요. 단언
컨대 이 집에서 가장 아름답다고 할 수 있을 거예요.

추운 겨울 어느 날, 부부가 긴 겨울 여행을 떠나고, 빈집에 남겨
진 가구들이 통성명을 나누었다. 침실의 가구 중 가장 덩치가 큰
장롱이 먼저 말을 걸자 하나둘 그동안 굳게 닫고 있던 입을 열기
시작했다. 장롱은 이 집에서의 추억과 부부의 성격 차이 등 일장
연설을 늘어놓았다. 6칸짜리 서랍장이 지루함을 숨기지 않으며
하품을 하던 차에 화장대가 말문을 열었다.

—당신이 이 집에 있는 가구 중에서 가장 아름답다고?
—그렇지 않나요? R이 내 앞에 앉았을 때 가장 아름답게 변신하잖
아요.

장롱이 그건 아니라고 손사래를 쳤다.

―무슨 뚱딴지 같은 소리야? 내게서 예쁜 옷을 꺼내 입을 때 제일
  예쁘지.

―아무리 아름다운 옷을 입으면 뭐하나요? 아름다움의 완성은 바
  로 화장이라고요.

―이봐, 화장만 하고 옷을 안 입고 나간다면?

잠자코 듣고 있던 6칸짜리 서랍장이 말리고 나섰다.

―그만해. '닭이 먼저냐 달걀이 먼저냐' 랑 똑같잖아.

장롱과 화장대는 뻘쭘한 표정을 지으며 말을 멈췄다.

―그래, 그럼 자기 소개나 계속하자고.

―저는 소나무와 물푸레나무로 만들어졌어요. 보다시피 심플한
  모양을 하고 있죠.

―생김새는 뻔히 보이잖아. 네가 무슨 재질로 만들어졌는지 관심
  없다고.

―그럼 무얼 이야기하죠?

―음~ 그런 거 있잖아. 힘들거나 슬픈 일, 그런 이야기가 듣고 싶

단 말이야.

좀처럼 입을 열지 않고 있던 침대가 말했다. 듣고 있자니 짜증
난다는 말투였다. 침대의 말에 화장대는 잠시 고민하더니 다시 입
을 열었다.

―저는 다른 가구와 달리 비밀이 하나 있어요.
―비밀? 무슨 비밀?

화장대가 비밀이라는 단어를 꺼내자 모두들 귀가 쫑긋해졌다.

―누구의 비밀이야? 남자? 여자?

육중한 몸의 장롱이 궁금증을 참지 못하겠다는 표정으로 화장
대를 재촉했다.

―남자요.
―남자라고? 화장대를 주로 사용하는 건 여자잖아.
―아마 그걸 이용한 것 같아요. 여자가 주로 사용하니까 의심하지

않을 거라고 생각한 것 같아요.

— 이 집 남자 머리 한번 좋네. 그래서? 그 비밀이 뭔데?

화장대는 말을 멈추고 가구들을 차례대로 하나씩 바라보더니 말을 이었다.

— 돈. 비상금이요.

— 어디?

— 그건 말할 수 없어요. 저만 알고 있는 게 좋겠어요. 공범자로서 의리는 지켜야 하니까요.

— 거짓말이구나. 그러니까 말을 못 하지. 의리 좋아하시네.

장롱이 비아냥거리자 6칸짜리 서랍장이 화장대를 달래며 재촉했다.

— 이봐, 우리가 알아봤자 어차피 여자에게 말해주지도 못하잖아. 그러니 궁금증이나 풀어달라고.

— 안 됩니다.

침실에 있던 모든 가구들이 일제히 화장대에게 비난을 퍼부었다. 차라리 말을 하지 말지, 도대체 왜 말을 꺼냈느냐는 분노가 가득했다. 화장대는 예상치 못한 반응에 자신이 말실수를 했다는 생각이 들었다.

— 아아! 알겠어요. 알겠다고요. 대신 다들 입조심해주세요. 들통나는 날엔 전 버려지고 말 거예요.

— 무슨 말이야? 비밀이 들통나면 버려진다니.

— 저는 남자가 직접 디자인하고 제작한 화장대거든요. 그의 비밀을 위해서. 결혼하기 전 여자를 위해 직접 디자인했는데, 그 안에 작은 공간을 만들어서 이용하고 있었어요. 그러니 들통나면 저를 없애고 말 거예요.

— 알았어. 우리 모두 비밀을 지킬게. 그 비밀 장소가 어디야?

— 벽에 닿는 화장대 뒤에 작은 공간이 있어요. 그곳에 비상금을 넣어둬요.

가구들은 일제히 탄성을 내지르며 남자의 치밀함에 혀를 내둘렀다.

―여자한테 선물한 화장대에 자신의 비밀 장소를 만들어놓다니.
　정말 대단하군.

침대가 말했다.

―더군다나 여자가 가장 많이 사용하는 가구에 말이야. 무서운 남
　자로군. 사람 그렇게 안 봤는데.

얼떨결에 비밀을 털어놓은 화장대가 불안한 얼굴로 그들에게
말했다.

―모두 비밀은 지켜주실 거죠?
―(모두) 물론이지!

화장대는 자신만 알고 있던 비밀을 털어놓아 꺼림칙했지만 한
편으로는 속이 후련했다. 마치 땅속에 묻어둔 항아리에 '임금님 귀
는 당나귀 귀!'라고 소리친 기분이었다. 역시, 세상에 비밀은 없다.

"외출 직전
당신의 설렌 표정은

내가 아는 그 무엇보다
아름다운걸요."

바
보

같
은

이
별

통
보

●

그녀의 작은 방에는 침대가 없다. 책상 하나와 나무의자 그리고 내가 전부다. 깊은 밤, 그녀는 이불도 펴지 않고 창문 아래 차가운 벽에 기댄 채 밤을 지새웠다. 그녀의 방 한구석에 놓여 있는 나는 그녀를 바라보았다. 그녀 주변으로 눈물을 훔친 티슈가 하나둘 늘어만 갔다.

—말도 안 돼. 어떻게 전화도 아니고 이메일로 헤어지자고 할 수 있지?

헤어졌다고? 그래서 잠도 못 자고 계속 울고 있는 거야? 시계는 자정을 재깍재깍 넘어가고 있다. 흐느끼며 중얼거리기를 반복하던 그녀는 코를 팽~ 하고 풀더니 얼굴에 남아 있는 눈물을 티슈로 찍어냈다. 그때 그녀의 시선이 나와 딱 마주쳤다.

—다 버릴 거야. 너는 늘 네가 우선이었어. 나는 늘 네게 맞춰야 했고.

슬픔이 그치고 억울한 감정이 되살아난 건지 그녀는 허공에 대고 소리쳤다.

—너의 그 잘난 척을 버리고 말 거야.

그렇게 말하며 티슈 뭉치 하나를 꼭꼭 뭉쳐 나를 향해 힘껏 던졌다.

—골인!

나도 모르게 '골인'을 외쳤다.

—나를 가볍게 대하는 너의 못된 마음씨도 버릴 거야.

이번에도 골인.

—단 한 번도 내 말에 동의해주지 않은 못된 말버릇, 아무리 신경 써도 한 번도 예쁘다는 말을 해주지 않은 무관심도! 그동안 우리가 함께했던 시간을 무시한 바보 멍청이 같은 이별 통보도 모두

쓰레기통에 버릴 거야!

　이 상황이 조금 우스웠지만 그렇다고 웃을 수 없었다. 아무렇지 않은 듯 씩씩하게 소리치는 그녀의 얼굴은 눈물로 범벅이 되어 있었으니까. 이렇게라도 그를 버리고 싶은 마음을 이해할 수 있을 것 같았다. 언젠가 그녀 앞에 지금의 그가 아닌 더 현명하고 더 멋진 남자가 나타나기를 바라본다. 나는 비록 쓰레기통이지만.

"나는 세상을 좀더 심플하게 만드는 사명을 안고
이 땅 위에 태어났다."

거울 앞에서

●

   나는 거울이다. 하지만 사실 난 그냥 거울이 아니다. 누가 보아도 거울이지만, 내가 볼 수 있는 것은 단순히 사람이나 사물의 겉모습만은 아니다. 나는 사람의 마음을 볼 수 있는 조금 특별한 거울이다. 물론 모든 거울이 이런 능력을 가진 건 아니다. 나도 처음에는 나에게 이런 능력이 있는지 몰랐다. 그러던 어느 날, 나를 보며 외출 준비를 하던 L을 바라보다가 그녀의 마음속 목소리를 듣게 된 뒤로 내가 사람의 마음을 볼 수 있다는 걸 알게 되었다. 그날 L이 슬픈 눈을 하고 스스로에게 했던 말이 지금도 생생하다.

   '아무래도 오늘인 것 같아. 제발 내 예감이 틀리면 좋을 텐데.'

   아니나 다를까. 이별을 예감했던 대로 그날 밤 경수를 만나고 돌아온 L은 잔뜩 취한 상태로 들어와 이불을 뒤집어쓰고 나올 줄 몰랐다.

   이 능력이 좋은 것만은 아니다. 마음을 보고 들을 순 있지만 정작 아무것도 할 수 없지 않은가. 신은 어떤 이유로 내게 이런 능력을 주신 걸까? 유리 표면에 금이 갈 정도로 머리 아프게 고민해보았지만 해답은 얻지 못했다. 다만 내 나름대로 내린 결론은 바로 이것.

'들어주기 그리고 받아주기'

사람이 입이 하나요 귀는 두 개인 까닭은 말은 적게 하고 대신 많이 들으라는 의미란다. 그렇다면 입이 없는 나 같은 거울은 사람들의 마음의 소리를 묵묵히 들어주라는 뜻이 아닐까? 사람들은 누구나 혼자 있을 때 마음속으로 말을 한다. 가끔 마음속에 두 명의 '나'가 있어서 서로 대화를 주고받기도 한다.

'오늘 연락하면 답장해줄까?'

'아니. 지난번에 싫다고 거절했었잖아. 잊었어?'

'그런데도 연락해보고 싶어. 정말 보고 싶어.'

아무튼 그날 이후, L은 내 앞에서 마음속으로 질문을 던진다. 비록 그녀에게 전해지진 않겠지만 그때마다 이렇게 대답해준다.

'걱정 마. 너, 오늘 정말 예쁘고 멋져.'

내 앞에서 언제나 자신 없어 하는 그녀에게 늘 이렇게 말한다. 지금, 내 앞에 있는 당신은 세상 누구보다 아름답고 사랑스럽다고. 어쩌면 마음을 들을 수 있는 능력은 나만 있는 게 아닐지도 모르겠다. 사람들은 거울에 비친 자신을 보며 이야기한다고 생각하겠지만, 그건 우리 '거울'이 하는 이야기일지도 모르니까.

"제가 제일 좋아하는 건
나를 처음 보고 놀란

아기들의 표정을 보는 거예요."

나
의

빛

●

　기다림이란 나의 숙명인 걸까. 아주 잠깐의 시간을 위해, 그녀
가 잠들기 전 두세 시간, 어떤 날은 삼십 분을 위해 종일 기다려야
하는 나는 바로 스탠드다. 잠들기 전 꼭 책을 읽는 습관을 지닌 그
녀를 만난 게 다행이랄까. 그녀가 하루를 정리하며 책을 읽는 순
간, 나와 그녀의 거리는 30센티미터가 채 되지 않는다.

　가끔 그녀가 읽는 책을 엿보기도 한다. 그녀는 주로 가볍게 읽
기 좋은 에세이나 소소한 일상을 담은 일본 소설을 좋아하는 것
같지만, 아무리 보아도 이해되지 않는 어려운 책을 읽을 때도 있
다. 분명한 건 그녀는 매일 밤 책을 읽으며 하루를 마무리하는 다
독가라는 것. 내가 놓인 침대 옆 테이블에는 늘 서너 권의 책들이
쌓여 있다. 비록 어떤 날은 휴대전화를 들여다보느라 책을 읽지
않는 날도 있지만, 그녀가 기다리는 전화나 메시지가 있다는 걸
알기에 살짝 눈감아준다.

　누구나 감성이 풍부해지는 늦은 밤, 그래서 어떤 날은 하루종
일 기다린 내 마음도 몰라주고 깜깜한 방안에 우두커니 앉아 있는
그녀가 야속하고 속상하지만, 주변의 모든 사물이 잠든 시간에 오

직 나만 그녀를 볼 수 있다는 것에 위안을 받는다. 30센티미터, 딱 이만큼의 거리에서 그녀를 그리워하련다. 세상에는 겉으로 드러나는 사랑도 있지만, 나처럼 보이지 않는 곳에서 묵묵히 응원하는 사랑도 있는 거니까. 나만의 방식으로 그녀를 사랑하기. 난 그녀에게 빛이 되어주는 스탠드 그리고 그녀 역시 나의 빛이니까.

"나를 켜두고 잠들면,
어쩔 수 없이
열받을 수밖에 없어요.

본능인걸요."

질
투

●

    11시 20분. 이상하게도 오늘 그녀는 나를 자주 바라본다. 무슨 좋은 일이라도 있는 걸까. 계속해서 콧노래를 부르고, 나를 바라보는 횟수는 늘어난다면 둘 중 하나. 시간이 빨리 지나길 바라거나 그 반대. 발그레하게 상기된 볼을 보니 오늘은 시간이 어서 흐르길 바라는 것 같다. 사실 그녀에게 어떤 변화가 생겼다는 걸, 그녀에게 사랑하는 사람이 생겼다는 걸 진즉 눈치챘다. 3주 전, 친구 다영의 소개로 한 남자를 만난 후부터 지금까지 붕 떠 있었으니까.

    비록 하찮은 시계에 불과하지만 나는 오랫동안 그녀를 짝사랑해왔다. 그녀가 재활용 수거함에 버려진 나를 구해준 순간부터, 그녀의 깨끗한 원룸에서도 가장 잘 보이는 곳에 걸어준 순간부터 내 사랑은 변함이 없었다. 그런데 이상하다. 마음속으로 그녀가 늘 행복하기를 바랐건만, 그녀에게 새로운 남자가 생기고 나니 여간 섭섭한 게 아니다. 특히 오늘처럼 3분 간격으로 나를 바라보며 시간이 가지 않는다고 투정하는 그녀를 보는 건 솔직히 조금 힘들다. 이제야 알 것 같다. 그녀가 나를 자주 보는 게 좋은 건 아니라는 것을. 사람들은 이런 감정을 '질투'라고 부른다는 것을.

　그녀가 살고 있는 아담한 원룸에는 침대와 책상, 책장 등 단조로운 가구들과 간단히 음식을 조리할 수 있는 몇 개의 조리기구가 있다. 나는 그녀의 침대 맞은편 벽에 걸려 있다. 아침에 눈을 뜨면 볼 수 있는 위치다. 오전 9시 30분, 그녀가 자리에서 일어나자마자 나를 쓱 보더니 욕실로 들어간다. 20분 뒤 샤워를 하고 나오며 나를 보더니 거울 앞에 앉아 머리를 빗고 기초 화장을 한다. 약속까지 여유가 있는지 화장을 계속 이어가진 않았다. 나는 여전히 똑딱똑딱 바늘을 넘기고 있다. 그녀는 그를 아주 마음에 들어 하는 눈치다. 어젯밤에도 자정까지 통화하는 동안 한 번도 나를 보지 않았다. '얼마 안 된 것 같은데 벌써 세 시간이나 통화한 거야?'라고 말하는 그녀. 시계인 내가 그 마음을 온전히 이해할 수는 없겠지만 그녀를 바라보다가 시침이나 분침이 어디쯤 와 있는지 잊는 것과 같은 이치일 거라고 생각해본다. 그녀가 나를 다시 바라본다. 약속 시간이 점점 다가오나 보다. 그녀는 웃지만, 나는……
나는…… .

"다음 생엔
거리를 실컷 구경하는

시 계 탑 으 로

태어나리라."

비록 내 자리를
내주어도

●

　이제 한 장밖에 남지 않았네요. 오래도록 내 곁에 머물 줄 알았던 올해도 다 지나고 한 달밖에 남지 않았어요. 종이로 만들어진, 1년만 사용할 수 있게 태어난 나는 조만간 새 달력에게 자리를 양보해야 하겠죠. 크리스마스다, 새해다 뭐다 정신없이 보내고 나면 얼렁뚱땅 새해가 밝겠죠. 하긴 난 이미 두 달 전부터 먼지가 소복이 쌓이기 시작했어요. 달력을 향한 사람들의 애정이란 그리 오래가지 못하니까요. 가을부터는, 달력을 넘기는 것조차 잊어버리는 사람들이 얼마나 많은지요. 그건 K도 마찬가지예요. 12월부터는 나를 보는 일이 한 번도 없었어요. 게다가 요즘엔 스마트폰으로 저를 대신하는 것 같아요. 다행인 건 특별한 날을 기억하기 위해 내 위에 올라와 있는 숫자들에 동그라미를 치고, 하트를 그려서인지 나를 쉽게 버리진 않을 것 같다는 거예요. 오후인가봐요. 내가 놓인 책상에 노오란 햇볕이 가득 들어와요. 밖은 동장군이 기승을 부린다고 하던데, K의 방은 포근하기만 해요. 음…… 오늘은 나도 지나간 날들을 되돌아봐야겠어요.

올해 초, 2월 20일이었어요. K는 친구의 소개로 자신보다 한 살 많은 L과 처음 만났어요. 2년 동안 사귀던 남자친구와 헤어지고 한 계절이 지났던 때였어요. K는 처음엔 별로 내키지 않는 눈치였 어요. 그날 아침까지도 휴대전화를 만지작거리며 '급한 일이 있 어 나가지 못할 것 같아'라는 문자 메시지를 보낼까 말까 고민했 으니까요. 그러다가 저를 한참을 쳐다보는 거예요. 며칠 전 2월 20일에 빨간색 펜으로 동그라미를 그려놓았거든요. 잠시 후, 큰 기대는 갖지 않겠다는 듯 뚱한 표정으로 옷을 주섬주섬 주워 입고 나가던 K의 뒷모습이 지금도 잊히지 않아요. 그런데…… 사람 일 은 모르나봐요. 그날 밤, K는 들어오자마자 나를 왼손에 꼭 쥐더 니 2월 20일에 이렇게 적고 그 위에 하트 표시까지 하는 게 아니겠 어요? 세상에서 가장 행복한 얼굴로 말이에요.

'오빠와 처음 만난 날'

그다음부터 나는 바빠졌어요. L의 생일, 100일 되는 날, 여름휴 가 심지어 L의 부모님의 생일까지 내가 가진 숫자 위에 갖가지 장 식이 추가될 때마다 내 마음은 K와 같았어요. 비록 1년이지만, 내 가 K와 함께하는 올해만큼은 행복한 하트가 잔뜩 쌓이길 소망했 어요. 하지만 11월 16일, 무심한 동그라미 하나가 그려지더니 이 렇게 적히고 말았어요.

'마지막'

그리고 그것이 K가 나에게 남긴 마지막 손짓이었어요. 1년을 채우지 못하고 이별을 경험한 K에게 크리스마스와 12월 31일은 아무 의미가 없을 테니까요. 그녀에겐 더이상 내가 필요하지 않나봐요. 이런 생각을 해봤어요. 기억하고 싶은 날이 없어진다는 건 어떤 기분일까? 비록 며칠 후면 내년 달력에게 자리를 내줘야 하지만, 그 달력에게는 그녀의 행복한 일들이 빼곡히 채워지길 기도해요. 행복한 미소를 지으며 내 위에 정성껏 메모하는 그녀의 표정이 다시 돌아온다면 내 자리를 내주어도 슬프지 않을 거예요.

사 / 물 / 의 / 한 / 마 / 디

"아주머니는 몰래 L의 방에 들어와
'엄마 생일'을 적어두었어요.
L은 알까요? 내일이 엄마의 생일이란 걸."

당
신
의

휴
식

●

  일단은 내게로 와서 앉으세요. 오늘 하루가 어땠는지 굳이 말하지 않아도 돼요. 당신의 가는 발목에 모래주머니를 단 것 같은 무게가 느껴지니까요. 자, 가방은 바닥에 내려놓으세요. 무거운 외투도 벗어서 내게 걸쳐놓아요. 잔뜩 움츠린 어깨에 올려진 인생이라는 무거운 짐을 나의 푹신한 등받이에 묻어보세요. 힘겨운 하루를 고스란히 받아들인 당신의 몸을 내 시트에 천천히 올려놓으세요.

  때마침 미라Myrra의 〈할렐루야Hallelujah〉가 흐르네요. 어때요? 기분이 좀 나아졌나요? 나의 넓은 팔걸이는 당신의 양팔을 올려놓을 만큼 충분히 넓어요. 오늘 하루도 당신의 손은 많은 일을 해냈겠죠? 당신의 발은 또 얼마나 많은 곳을 걸었을까요. 사람들의 마음속으로 들어가기 위해 당신의 가슴은 얼마나 힘겨운 하루를 보냈을까요. 내게 더 깊이 안겨보세요. 내가 당신을 안아줄게요. 괜찮아요. 가끔은 당신을 위해 조금의 사치를 부려 보아요. 당신의 휴식을 위해 온종일 기다린걸요.

이런, 잠깐의 휴식을 견디지 못하고 남은 할 일을 생각하고 있군요. 아직도 불안하세요? 눈을 감고 자신을 향해 '오늘도 고생 많았어'라고 토닥일 순 없는 건가요? 아, 좋아요. 그렇게 조금 졸아도 괜찮아요. 오늘 미처 하지 못한 일, 앞으로 해야 할 일은 잠시 잊어요. 지금 이 순간만큼은 내게 모든 걸 의지하고 쉬세요. 누군가에게 인정받고 싶어 하는 당신의 마음을 나는 잘 알아요. 그 사람이 당신을 받아주지 않아서 얼마나 힘들어했는지도. 세상이 내 맘 같지 않죠. 그러지 말고 그냥 스스로를 위로해주세요. 지금처럼 편안한 마음으로, 누군가에게 의지하지 않고 나 혼자만의 휴식을 즐기세요. 자, 이리 와서 앉아요. 지금 이 순간만큼은 세상에서 가장 편안한 자세로 쉬세요. 나는 당신의 소파예요.

"누군가 내 위에 앉아
꾸벅꾸벅 졸면,

내 마음도 나 른 해 져 ……."

자
기
만
의

캐
비
닛

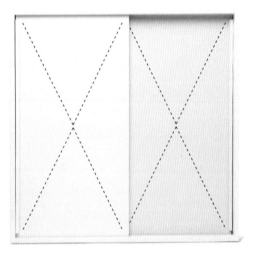

●

"쾅!"

닫혔다. 다시 어둠 그리고 적막. 문을 열면 쏟아져나올 것 같은
서류 더미, 낡은 종이와 오래된 잉크 냄새가 그리 상쾌하지 않다.
하긴 서류 더미가 나을지도 모른다. 냄새 나는 운동복, 망가진 배
드민턴 라켓, 밑창이 떨어진 농구화를 품고 있을 땐 정말 힘들었
으니까.

누구나 자기만의 캐비닛을 갖고 있다. 나도 분명 누군가의 캐
비닛이었는데 지금은 기억이 가물가물하다. 그저 추억을 되새김
질하며 하루하루 어둠에 싸여 지낼 뿐. 나는 단순히 사물을 정리
하고 담아두는 고철 덩어리는 아니었다. 나는 마음을 표현하는 도
구였다. 지금은 여기저기 녹슬고 찌그러져 있지만, 좋아하는 그
(녀)를 위해 몰래 장미꽃 한 송이를 꽂아두거나, 정성껏 준비한 선
물이나 밤새워 쓴 연애편지를 넣어두는 데에도 내가 제격이었다.
아무것도 모르고 문을 열었다가 깜짝 놀라 눈이 커지는 주인들의
얼굴을 볼 때의 행복을 무엇으로 설명할 수 있을까. 지금은 너무

오래전의 일이라 그 얼굴은 또렷이 기억나지 않지만 그때의 설렘만은 잊을 수 없다. 물론 행복한 일만 있던 건 아니었다. 누군가는 살아 있는 개구리를 넣기도 하고, 다른 누군가는 무시무시한 협박 편지를 넣기도 했으니까. 생각하기도 싫은 그것들을 확인한 주인으로는 내 앞에서 그만 기절한 사람도, 그대로 주저앉아 엉엉 울던 여학생도, 분을 참지 못하고 죄 없는 나를 발로 뻥뻥 찼던 남자도 있었다. 그러고 보니 참 많은 사람이 나를 거쳐갔다.

'어떤 날은 강하고 튼튼해서 잘 망가지지 않는 나를 원망하곤 해. 그동안 너무 오래, 많은 사람들을 겪은 것 같아. 다른 플라스틱이나 나무로 만들어진 가구들처럼 적당히 쓰이고 망가지는 것도 나쁘진 않을 것 같아. 지금 이곳도 끝이 아니겠지. 여기서 쓰이고 나면 또다른 누군가가 가져가겠지. 그때는 무엇을 담아 두려나. 바라건대 그때는 마지막으로 누군가의 소중한 안식처가 되면 좋겠어. 세상에서 가장 소중한 무언가를 행복한 얼굴로 숨겨놓는 그런 공간. 내 꿈이 너무 큰 걸까?'

"매일매일
이렇게 물건을 보관해주는데,
월급이나 주급,
그런 건 없는 거야?"

사랑은, 사랑이, 그래

●

 나는 커다란 쇼핑백에 담겨 어딘가로 이동중이었다. 30분 전쯤 백화점 생활용품 매장에서 나를 샀던 여자와 남자는 나를 누군가에게 선물할 것 같다. 오랜만에 맡은 바깥 공기는 생각보다 쌀쌀했다. 벌써 겨울이구나.

 ―좋아하겠지?
 ―응. 전부터 갖고 싶어 했던 거야. 내가 기억하고 있었어. 집들이 선물로 사주려고.
 ―그래, 그럼 됐어. 얼마나 더 가야 해? <u>으</u>, 오늘 꽤 춥다.

 살짝 열린 쇼핑백 입구 사이로 그들을 보았다. 각자 주머니에 손을 넣고 가는 걸 보니 연인 사이는 아닌 듯했다. 친구 사이인 걸까?

 ―다 왔어, 저기야.

 갈색 단발머리가 잘 어울리는 여자가 하얀 입김을 내뿜으며 골목길 앞 작은 집을 가리켰다. 초인종을 누르기가 무섭게 현관문이 활짝 열렸다. 이 집의 주인이자 나를 갖게 될 통통한 여자가 나타났다. 이사를 축하한다며 선물로 사온 나를 건네니 통통하고 귀엽게 생긴 여자가 반색하며 포장지를 뜯었다.

　—와! 이거 내가 진짜 갖고 싶었던 건데! 어떻게 알았어?

　좋아할 거라 예상은 했지만, 그녀는 훨씬 더 좋아하는 기색이었다. 당연하지 내가 얼마나 예쁜데. 그런 그녀를 보고 남자와 여자는 흐뭇한 듯 웃는다. 나는 이 집의 작은 소파에 놓였다. 이제부터 이 집에 적응해나가야 한다.

✳

일주일 전

　—그러니까 꼭 승수랑 같이 와, 알았지?
　—야, 그렇게 좋으면 그냥 고백해. 뭘 그렇게 뺑뺑 돌려. 네가 무슨 십대 사춘기 소녀냐?
　—기회를 엿보는 거지. 아, 몰라. 암튼 승수 꼭 데려와, 꼭!

경선이는 승수를 좋아하고 있었다. 아무에게도 고백한 적 없는 그 사실을 나만 알고 있었다. 경선이와 술을 마신 어느 날 그녀가 나에게 고백했기 때문이다.

— 나, 승수 좋아해.

믿기지 않았다. 만나기만 하면 티격태격 싸우는 사이였다. 동 갑내기 친구라고는 하지만 영 안 어울리는 한 쌍이었다. 눈치 빠른 나조차도 감을 잡지 못했다. 경선이는 어느 날 갑자기 승수가 좋아졌다고 했다.

— 이상해. 자꾸 승수가 눈에 밟혀.
— 사귀면 되겠네. 승수 지금 여친도 없는데.
— 그게 그렇게 쉽니? 승수 맘도 모르고. 솔직히 친구로 지낸 게 몇 년인데.

입사 동기인 우리 셋은 동성 친구처럼 편하게 지냈다. 야근을 하고 퇴근할 때면 자주 함께 술을 마셨고, 각자 연애를 하고 그 연 애를 응원하기도 하고 나무라기도 했다. 우린 형제만큼이나 돈독

한 사이였다. 그런데 경선이가 그 시간들을 깨려 하고 있다.

＊

집 구경을 마친 그들은 내가 있는 소파 앞, 둥근 테이블에 둘러앉았다. 통통한 집주인 여자는 계속해서 준비한 음식을 날랐다. 맛있어 보이는 닭튀김 요리를 은근슬쩍 남자 앞에 놓았다. 함께 온 여자는 눈치로 알고 있으면서도 티내지 않고 모르는 척하는 듯했다. 분위기가 무르익을 때쯤 단발머리 여자가 가보겠다며 일어섰다.

―뭐? 왜 벌써 가.

―오늘 엄마가 집에 온다고 했는데 깜박했어. 얼른 가야 돼.

―그래? 그럼 같이 가. 나도 갈래. 벌써 열한시가 넘었네.

―왜? 그냥 넌 더 있다가 가. 나 혼자 갈게.

―야, 안 돼. 여기 아까 올라오다 보니까 골목길 으슥하더라. 가다 가 무슨 일이라도 생기면 어떡해? 내가 같이 가야지. 경선아 안 그래?

남자가 통통한 여자를 바라보며 동의를 구했다. 통통한 여자

얼굴에 아쉬운 표정이 가득했지만, 어쩔 수 없었다. '이게 아닌데' 라는 표정의 단발머리 여자도 얼결에 현관문을 빠져나갔다.

＊

골목은 정말 으슥했다. 군데군데 켜진 가로등 불빛에만 의존해 우리 둘은 눈 쌓인 골목길을 걸어가고 있었다. 늦은 밤, 승수와 나의 발자국 소리만이 조용한 골목을 가득 채웠다. 승수가 천천히 내 곁으로 다가왔다. 추워서 그런가 싶어 승수를 올려다보는데, 주머니에서 손을 꺼내 내 손을 덥석 잡는다.

─야, 가만히 있어봐. 넌 무슨 여자가 그렇게 무디냐? 정말.

─뭐? 무슨 말이야?

─눈치도 없고, 센스도 없고. 네가 그렇게 먼저 간다고 하면 내가 널 혼자 보낼 것 같아?

─야! 최승수!

─내 맘 좀 알아주라, 이 무딘 여자야. 짝사랑도 힘들다, 이 겨울이 너무 길고 추워서.

승수의 마음이 누굴 향해 있는지, 나를 향했었는지 전혀 알지 못했었다. 얼떨떨하지만 이상하게 자꾸 마음이 뜨거워졌다. 나는 춥다는 핑계로 승수의 손을 놓지 않고 걸어갔다. 나도 승수를 좋아하고 있었던 걸까? 이러면 안 되는데. 경선이는 어쩌지? 지금이라도 경선이가 너를 좋아하고 있다고 말할까? 머릿속에서 생각들이 뒤섞인다. 하지만 나는, 우리는 깍지낀 손을 점퍼 주머니에 넣은 채, 아까보다 더 느린 걸음으로 천천히, 천천히 어두운 골목길을 걸어갔다.

사 / 물 / 의 / 한 / 마 / 디

"으악! 등에 나를 깔고 기대면
나는 텔레비전을 못 보잖아!"

3 :: 규진, 시선을 던지다

마음을 끓기 위해

●

    나는 마음이 먹는 음식이다. 밥만 먹고 살기에는 너무 삭막해서 누군가 고안한 마음 식량. 어떤 재료라도 내가 되려면 물기 하나 없이 바짝 말려진다. 그리고 다시 물과 만나면 독특하면서도 편안한 향기를 낸다. 나는 차갑게 즐길 수도 있지만 대부분 따뜻한 나를 좋아한다. 사람들은 나를 앞에 두고 마음을 진정시킨다. 지금까지 내 앞에서 호들갑스러운 사람을 한 번도 본 적이 없다. 마음 식량이어서일까. 나는 먹는 데에만 집중하는 밥이나 다른 음식과 달리 여러 가지를 생각하게 한다. 지금 눈앞의 현재는 물론 지나간 과거와 앞으로 찾아올 미래까지, 자신과 옆에 앉은 사람까지. 내가 담겨 있는 온기를 머금은 찻잔을 손에 쥐고 숨을 깊게 들이쉬면 평소에 보이지 않던 것들이 보이게 된다. 입으로 마시는 것뿐만 아니라 코로 향기를 음미할 수 있으니 어찌 나를 그냥 지나치랴. 그럼에도 불구하고 이런 나를 마시는 시간을 아까워하거나 비싸다고 투정하는 사람이 있다면 그와의 만남을 고려해보는 게 좋다. 십중팔구 당신과 마주하는 그 시간을 아까워하고 다른 곳에 시선을 두는 사람일 테니 말이다.

어떤 사람은 나와 커피 사이에서 갈팡질팡하며 고민을 거듭한다. 우리 둘 다 쉼과 여유를 안겨주지만 어떤 일로 잔뜩 화가 난다면, 혹은 곁에 있는 사람이 좋지 않은 일로 낙심해 있다면 커피보다는 내가 좋다. 혹시 아는가. 세계 각국의 정상들이 모여 핵문제를 논의하거나 시급한 국제 문제를 해결하는 회의에서 커피 대신 내가 놓인다는 것을. 이유는 하나. 나를 통해 한번 더 생각하는 여유를 갖길 바라는 마음에서다. 속을 알 수 없는 커피와 달리 나는 투명하다. 그런데도 여러 가지 빛깔을 갖추고 있다. 나는 사람의 마음을 끌기 위해 존재하는 특별한 물이다. 입을 즐겁게 하고 코를 행복하게 하고 건강까지 챙겨주는 무엇보다 당신의 마음을 사로잡는 그런 물건. 이 책을 읽는 당신 곁에 내가 있다는 사실만으로도 나는 정말 행복하다.

" 앗   뜨 거 .

이제 익숙해질 법도 한데,

뜨거운 물은 늘 뜨겁다."

02 보온병

나
는

비
록

뜨
겁
지
만

●

나는 그런 물건이다.

사랑을 시작하는 연인이
진도를 팍팍 낼 수 있게 도와주고,
몸과 마음이 아픈 사람에게는
좋아질 수 있다는 희망을 안겨준다.

어린아이에게는
엄마의 온기를 전하는 마음이 되고,
외로운 노인에게는
삶의 고단함과 시름을 잠시 잊게 해주는
하얀 입김이 된다.

오랜 시간 꿈을 이루기 위해 매진하는
젊은이에게는
'결국 잘될 거야'라고 화이팅을 외치는

휴식시간이 된다.

매일같이 꽉 막힌 도로에 나서야 하는 버스 기사에게는
언젠가 뚫리겠지, 라는 여유를 주고
그 버스를 타고 일터로 나가는 누군가에게는
따뜻한 게 좋은 걸 보니 이제 가을이야, 라고
시간을 음미하게 만드는.

나는 그런 물건이다.

"제가 어제 졸다가
입을 벌려서

안에 있던 차를
흘렸지 뭐예요."

03 칼

위험한 존재

●

　조심해요! 보다시피 나는 아주 날카롭거든요. 사람들은 나를
조심조심 대하죠. 당연해요. 난 그만큼 위험한 존재니까. 그래서
난 너무 외로워요. 사람은 물론 주변의 사물도 나와 친하게 지내
고 싶어하지 않거든요. 세상에서 나를 받아주는 건 오직 도마뿐.
자신에게 늘 흠집을 내는 나를 밀어내지 않고, 기꺼이 자신의 몸
을 내어주는 도마가 얼마나 고마운지 몰라요. 그런 도마가 늘 고
맙고 미안해서 상처를 내지 않기 위해 몸을 사리지만, 그때마다
사람들은 칼이 들지 않는다며 도마를 마구 내리쳐요. 그때마다 얼
마나 도마에게 미안한지 당신은 모를 거예요.

　어디 도마뿐인가요. 사람들이 아무리 조심해도 가끔 나 때문에
상처를 입어요. 그날은 사람들의 짜증과 화풀이를 그대로 받아들
여야 해요. 어쨌든 나로 인해 생긴 상처니까. 하지만 이것만은 알
아주세요. 나도 빨간 피가 너무너무 싫다는 것을. 그러니까 나를
사용할 때는 방심은 금물. 늘 조심조심 주의를 기울여주세요. 제
발!

하지만 주방에서 생기는 상처는 이것에 비하면 약과일지도 몰라요. 나와 친구들이 가장 싫어하는 게 있으니, 그건 바로 우리가 무기로 쓰일 때예요. 지구에 존재하는 나쁜 사람들에게 경고할게요. 이보세요, 난 무기가 아니라고요! 난 당신을 위해 맛있고 따뜻한 음식을 만들 때 쓰이는, 그래서 없어서는 안 될 생활용품이란 말이에요. 이런 선한 나를 사람이나 동물을 해치거나 해코지를 하는 용도로 쓰는 당신의 머릿속이 난 정말 궁금하다고요, 라고 꾸짖고 싶어요.

알았어요. 조금 진정시키고 화제를 돌릴게요. 내가 언제 가장 행복하냐고 물으셨죠? 온 가족이 한자리에 둘러앉아 과일을 먹을 때예요. 그건 아마 친구들도 마찬가지일 거예요. 나를 조심스럽게 쥐고 사과나 배를 깎아 가족에게 건넬 때 나는 정말 행복해요. 자, 이제 저는 다시 주방 어딘가로 들어가야 해요. 마지막으로 다시 당부할게요. 나를 꼭 필요한 곳에 써주세요. 나를 필요로 하는 곳은 분명 따로 있으니까요. 행복이라는 이름의 그곳!

"엄마가

빠 른   속 도 로

무채를 썰면

멀미가 나기도 해요."

나
란
히

놓
이
다

●

 우리는 보기에도 아름다운 한 쌍의 그릇이다. 사람에게 연인이
나 부부가 있듯이 우리도 짝이 있다. 나는 밥그릇, 내 짝은 국그
릇. 우리가 살고 있는 이곳은 경수와 진희의 알콩달콩한 신혼집
이다. 두 사람은 계절의 여왕 5월 어느 주말에 부부가 되었다. 결
혼한 지 두 달밖에 되지 않은 신혼부부다. 두 사람은 18평 남짓한
작은 집에서 하루하루 사랑을 키워나가고 있다. 행운이다. 우리
가 이들과 함께할 수 있다는 게. 시작을 함께한다는 건 분명 남다
른 의미를 갖는 법이니까.

 경수와 진희는 함께 밥 먹는 시간을 가장 좋아한다. 맞벌이 부
부로 살다보면 바쁘고 번거로울 법한데 아침과 저녁식사를 함께
하려고 노력한다. 오늘 저녁으로는 시원한 콩나물국에 멸치조림,
깍두기, 김, 동그랑땡에 따끈따끈한 밥이 식탁에 놓였다. 그리고
드디어 우리가 나란히 놓이는 시간. 밥그릇인 나와 국그릇인 그
가 나란히 놓인다. 경수와 진희가 아침은 간단히 토스트로, 점심
은 밖에서 해결하는 관계로 저녁식사 때만이 우리가 함께 있는 유

일한 시간인 것이다. 오늘도 내게는 현미밥이 담겼다. 고슬고슬
한 밥에 김이 모락모락 피어오른다. 그에게는 뜨끈한 콩나물국이
담겼다. 이쯤에서 언제나 시작하는 우리의 대화.

'뜨겁지 않아?'

'괜찮아. 알맞은 온도야.'

경수와 진희가 회사 이야기나 가족 이야기, 친구 이야기를 나
누며 밥을 먹듯이, 우리도 그들처럼 소리 없는 대화를 나눈다.

'어제 경수가 설거지하다가 꽃무늬 접시를 깰 뻔했지 뭐야.'

'정말? 다행이네, 깨지지 않아서.'

'그러게 말이야.'

— 오늘 신입사원이 들어왔어.

— 잘됐다! 조금 한가해질 수 있겠네?

— 잘 지내야지. 자기야, 멸치볶음 먹어봐.

— 콩나물국이 진짜 시원한걸. 감기가 오려는지 목이 칼칼했는데
  진짜 좋다.

우리는 나란히 놓이고, 그들은 나란히 앉아 밥을 먹는다.

"음식 남기면 벌 받는다고
혼잣말처럼 중얼거렸는데,

밥을 먹던 꼬마 A와
눈이 마주친 것 같은 기분은 뭐죠?"

구
겨
진

사
랑

●

　승우는 자판기에 백 원짜리 세 개를 집어넣고 천천히 나를 꺼
냈다. 어젯밤 마신 술이 덜 깼는지 속이 쓰린가 보다. 머리는 깨질
것 같고, 속도 울렁거리겠지.

　—무슨 술을 그렇게 마신 거야. 술냄새가 진동을 하네.

　언제 왔는지 박대리가 타박한다. 승우는 뻔히 알면서 묻는 박
대리가 조금은 짜증스럽다.

　—너희 정말 끝난 거야? 홧김에 그런 거지?

　이마에 살짝 주름이 잡힐 만큼 인상을 쓰던 승우는 묵묵히 커
피만 홀짝였다.

　—끝났다니까.

나를 쥔 그의 손에 미세한 힘이 가해졌다.

―다시 시작해봐. 그래도 되잖아.
―아, 진짜. 말 시키지 마. 그냥 끝이야 끝. The End!

남은 커피를 훅~하고 마신 승우가 손에 힘을 주더니 나를 꽉~
하고 찌그러뜨렸다. 아얏! 3년 동안 사귄 여자친구와 헤어져 기분
이 상한 건 알겠지만, 그냥 재활용함에 곱게 넣어주지 웬 심술이
람. 그는 구겨진 나를 손에 쥔 채 의자에 털썩 앉았다. 박대리도
자판기에서 블랙커피 한 잔을 뽑아 앞에 앉는다.

―내가 주제넘게 두 사람 문제에 끼어드는 것 같지만 다시 생각해
  보면 안 돼?
―우리가 왜 다시 잘돼야 하는 건데?

속마음과 달리 승우는 자꾸만 삐딱하게 말을 받아쳤다. 마음
착한 박대리는 내심 서운했지만 충분히 이해한다는 표정으로 받
아주었다.

―그럼 헤어진 사람에게 잘했다고 해? 그렇게 오래 잘 만난 사람들
이 결혼하면 좋지 뭘 그래.

―우린 정말 끝이야. 끝.

승우는 나를 다시 한번 구기더니 테이블에 툭 하고 던졌다. 내
안에 남아 있던 커피 몇 방울이 테이블 위로 흘렀다. 아까보다 좀
더 비참해진 기분.

―사람들 말, 하나도 틀린 게 없더라.

그게 무슨 말이냐며 박대리가 고개를 돌려 바라본다.

―지난번에 헤어지고 내가 잘하겠다고 싹싹 빌었잖아.

―그랬지. 네가 손이 발이 되도록 빌었잖아. 매일 집 앞에 찾아가
서 잘못했다고 말하고.

―그땐 영미 없는 내 삶을 생각해본 적이 없었거든. 헤어지고 나자
얼마나 힘들고 괴롭던지, 후회했지. 있을 때 잘할걸. 그래서 다시
화해하고 만난 거야. 그때만 해도 모든 게 잘 되었다 생각했지.

―그런데?

─이젠 알겠어. 한 번 헤어지면 쉽지 않다는 것을. 들어봐. 귀하게
보관하던 도자기가 깨졌어. 아무리 티 안 나게 말끔히 붙여도 도
자기는 아는 법이지. 자신의 어디에 금이 갔는지. 사랑도, 이별
도 마찬가지 같아. 두 사람은 아는 거지. 한 번 지워지지 않는 건
영원히 지워지지 않는다는 것을. 우리가 헤어졌었다는 사실이
결국 서로의 발목을 붙잡더라고. 그래서 깨끗이 놓아주기로 한
거야. 아니지, 놓아준 게 아니지. 그냥 내가 다시 차인 거지.
─새로운 사랑이 찾아오지 않을까?
─새로운 사랑? 아휴, 지겨워.

쓰린 속을 부여잡으며 승우가 자리에서 일어났다. 박대리는 승
우가 구겨서 테이블에 던져놓은 나와 자신의 종이컵을 쓰레기통
에 버렸다. 난 다시는 펴지지 못할 만큼 만신창이가 되어 쓰레기
통에 버려졌다. 승우의 그 못난 사랑처럼.

사 / 물 / 의 / 한 / 마 / 디

"너는 자판기 커피를 다 마시고
나를 쭉쭉 찢어
문어 모양으로 만들었다.

진짜 문어가 산다는 바다는 어떤 곳일까?"

가장 행복하거나
가장 불행하거나

●

　나는 어느 집이든 하나쯤 있는 사물이에요. 사람들은 주로 기분이 좋을 때 나를 사는 것 같아요. 나와 떼려야 뗄 수 없는 꽃이라는 녀석이 기분이 좋을 때나 누군가를 축하할 때 혹은 우울할 때 기분을 좋게 만들어주는 만큼 나도 보기만 해도 기분이 좋아지는 매력이 있는 듯해요. 간혹 나를 사서 몇 번 사용하다가 어디에 있는지조차 모르는 경우도 있지만, 그래도 사람들은 나를 쉽게 버리진 않아요. 집에 있는 다른 사물들은 내게 '행복'이라는 애칭을 붙여주었어요.

　─맞아. 널 볼 때마다 빙긋이 미소를 짓잖아. (소파의 말)
　─아주머니가 집으로 돌아올 때 꽃을 한아름 안고 들어올 때는 언제나 흥얼흥얼 노래를 부르잖아. 넌 복 받은 거야. (피아노의 말)

　맞아요. 이 모든 영광을 꽃에게 돌리고자 합니다. 사람들이 나를 좋아하고 아껴주는 이유는 바로 아름다운 꽃 때문이니까요.

하지만 옆집의 꽃병은 얼마 전 비극을 겪고 말았어요. 그 집의 아저씨가 아주머니와 부부싸움을 하다가 그만, 그만…… 꽃병을 들어 바닥에 던진 거예요. 와장창! 우리를 집어던져야 직성이 풀리는 사람들의 행동이 도무지 이해되지 않지만, 아름답다는 이유만으로 가장 눈에 잘 띄는 곳에 놓일 수밖에 없는 우리의 운명이라 생각하며 살아갈래요. 어쨌든 아직까지 난 깨지지 않았다는 것, 이렇게 단아한 모습으로 다음에 나를 찾을 신선하고 아름다운 꽃을 기다리고 있다는 것! 오늘은 그녀의 서른두번째 생일이에요. 생일마다 늘 다른 꽃을 선물하는 아저씨가 오늘은 어떤 꽃을 들고 올지 궁금한 건 그녀만이 아니랍니다.

"조화도 좋지만
생화를 꽂아주면
난 더 신이 나,

수다쟁이가 돼요."

이야기를 시작하기 전에

●

　―우유, 어느 분이시죠?

　―여기 놔주세요.

　남자가 마주앉은 여자를 손으로 가리킨다. 따뜻하게 데운 우유
를 담은 나는 그녀 앞에 놓였다.

　―맛있게 드세요.

　나를 포함해 두 개의 머그잔을 들고온 종업원이 총총히 사라졌
다. 남자는 커피를 마셨다, 라기보다 입술에 살짝 커피를 묻혔다.
뭔가 할말이 있는 모양이다.

　―어떻게 지냈어?

　남자가 물었지만 여자는 나를 만질 생각조차 없이 물끄러미 바
라만 보고 있다.

—우유 좀 마셔. 마시고…….

—아냐. 생각 없어. 할 말이 뭔데?

여자는 차분하지만 차가운 말투로 대답했다. 내 속의 우유는 차츰 식어가고 있다. 목소리에는 한기가 서려 있지만, 약간 긴장한 듯하지만 당당해 보이는 남자와 달리 여자는 며칠째 아무것도 먹지 못한 힘없는 고양이 같았다. 그가 그녀를 위해 우유를 주문한 것도 그래서였다.

사람들은 이야기를 나누기 전에 언제나 나를 그들 사이에 둔다. 우리 집, 즉 이 카페를 찾는 사람들도 내가 테이블에 놓인 후에야 대화를 시작한다. 사람들 사이에서 나는 딱딱한 분위기를 부드럽게 풀어주고, 어색한 만남을 아무렇지 않게 이어가는 역할을 하나 보다. 남자와 여자는 무슨 이야기를 하려는 걸까. 내 앞에 앉아 있는 여자는 입을 굳게 다물고 있고, 맞은편의 남자는 뭔가 말을 꺼내고 싶은데 주저하는 듯하다. 얼마쯤 지났을까. 남자가 테이블 앞으로 당겨 앉는다. 하지만 먼저 입을 연 건 여자였다.

—여기 오랜만이네. 언제 왔었는지 기억나?

여자의 갑작스런 질문에 살짝 당황한 듯한 남자가 자세를 고쳐 앉으며 '모르겠는데?'라고 멋쩍게 말한다.

— 당신이 회사에 첫 출근한 다음날 왔잖아. 사거리에서 스파게티
  로 저녁을 먹은 뒤 내가 따뜻한 코코아 한잔 마시고 싶대서 들어
  온 곳이야.
— 그렇구나. 별걸 다 기억하네.
— 이젠 이게 별거네. 예전엔 추억이었는데. 난 왜 이런 게 안 잊히
  는지 모르겠어.
— 그냥 잊어. 어차피 이제 너랑 나랑은.
— 오늘 무슨 말 하려고 부른지 알아.

남자가 고개를 들어 여자를 바라본다. 표정에 '어떻게?'라고 그
대로 쓰여 있다는 걸 남자만 모르는 듯했다.

— 나는 지금 당신의 입으로 그 말을 들을 수도 있고 그냥 일어나서
  나갈 수도 있어. 어느 쪽이든 너무 아프겠지. 하지만 당신이 먼
  저 말하면 조금은 후련할 것 같아 .
— …….

식어가는 우유 위로 얇은 막이 생기려 할 때쯤 여자가 나를 들어 입에 가져갔다. 잔뜩 거칠게 말라 있는 여자의 입술이 내게 닿자 나도 조금 아픈 듯 느껴졌다.

—행복하게 잘살아. 이렇게 얼굴 보고 헤어지게 해줘서 고마워.
—뭐가 그렇게 고맙니?

지금까지 묵묵히 이해하는 듯 앉아 있던 남자가 미간을 찌푸리며 인상을 썼다.

—내 감정이 그래. 이 상황에 고맙다는 말을 하는 내가 스스로도
    이해는 안 가지만.
—미안해. 할말이 없다.

여자는 나를 두 손으로 감싸쥐었다. 아직 내게 남은 약간의 온기가 그녀에게 도움이 되길 바라본다. 나를 테이블에 조심스럽게 내려놓은 여자는 검은색 숄더백을 들고 자리에서 일어났다. 그리고 아무런 인사 없이 카페를 나갔다. 준비해온 말을 삼켜야 했던 남자는 문밖으로 천천히 걸어나가는 여자를 망연히 바라만 본다.

"호호, 불며
차를 식힐 때,

그 잠깐의 여유를

나도 좋아해."

뒤
척
이
는

밤

●

나는 얼마 전 이 집에 왔어요. 남자가 나를 사왔죠. 이 집엔 많은 사물들이 있었지만 그들은 말이 없는 편이었어요. 이 집 주인인 남자와 여자도 대화가 많진 않았어요. 참 조용한 집이지요. 원래부터 이 부부가 이렇게 대화가 없었던 건지 다른 사물들에게 묻고 싶었지만, 참기로 했어요. 세상 일이라는 게, 궁금하다고 모든 것을 알려 해서는 안 되는 거잖아요. 집이 조용해서 조금 심심하기도 했지만 괜찮아요. 조용히 입을 다물고 내 주인이 잠들기를 도와야 하는 나는 수면안대거든요.

*

그
_____

요즘 아내는 잠자리에서 자주 뒤척인다. 잠이 안 오는 거냐고 물어보지만 그때마다 괜찮으니 신경쓰지 말라고만 한다. 예전엔 스탠드를 환하게 켜놓아도 눕자마자 쌕쌕거리며 잠들던 아내였는데 말이다. 뒤척거리며 잠을 이루지 못하는 날이 이어지자 보다못해 아내에게 수면안대를 사다주었다. 책을 읽다 자는 나 때문인가 싶어서 곧장 불을 끄고 잠자리에 들어도 봤지만 아내는 여전히 잠을 이루지 못했다. 하는 수 없이 다시 책을 펼쳤다. 모로 누워 수면안대를 하고 잠을 청하는 아내를 보고 있자니 왠지 측은한 마음이 들었다. 왜 잠을 이루지 못할까? 수면안대를 하고 있어서 눈을 볼 순 없지만 아내는 뭔가 곰곰이 생각하는 듯했다. 잠자리에 들기 전, 한두 시간 책을 읽다가 스탠드를 끄면 한숨을 크게 몰아쉬고 다시 잠을 청하곤 했다.

그녀

이제는 말해야겠다고 생각해 보지만 도무지 용기가 나지 않는다. 언제, 어떻게 얘기해야 할까. 남편은 한결같이 나를 배려해준다. 요사이 잠을 잘 이루지 못하는 내게 수면안대까지 사다주며 도와주려 애를 쓴다. 이런 그에게 어떻게 말을 꺼내야 할지 엄두가 나지 않는다. 하지만 언젠가는 반드시 얘기해야 한다는 걸 잘 알고 있다. 이제 그만 정리하자고, 그게 서로에게 좋을 거라는 얘기를 해야 한다. 더 늦기 전에. 우리를 잘 아는 사람들은 늘 이렇게 말한다. '너희는 왜 결혼했는지 모르겠어. 그냥 처음처럼 친구로 지냈으면 더 좋았을 텐데'. 처음에는 농담이라고 생각했지만 시간이 흐를수록 그들의 말처럼 그랬어야 했을지도 모른다는 생각이 스멀스멀 피어올랐다. 물론 우리는 서로를 최대한 배려해주는 만남과 결혼을 택했다. 결혼 전부터 아이는 낳지 말자고 약속했다. 아이보다 상대방을 더 사랑하고 더 배려해주자고 했다. 그런데 이제 와서 보니 그런 배려를 가장한 계획들이 두 사람을 단단히 묶는 끈이었다기보다 언제든지 훌쩍 떠날 수 있게 만든 장치였다는 생각이 든다. 남편은 알까. 내가 자신이 아닌 다른 사람을 좋아한다는 것을. 그럼에도 불구하고 별다른 죄책감 없이 그의 곁을 떠날 생각을 하고 있다는 것을. 내가 그의 곁에 없어도 잘 지낼 거라는 확신을 갖고 있다는 것을.

다시 그

얼마 전 아내가 누군가와 통화하는 모습을 봤다. 토요일 오후, 하던 일을 마무리하기 위해 출근했다가 집에 두고 온 자료가 있어 다시 들어오는데 현관문이 반쯤 열려 있었다. 잠시 환기를 시키기 위해서인지, 날이 좋아서인지 암튼 아내가 일부러 열어 둔 모양이었다. 아내는 베란다를 향해 서서 누군가와 통화하고 있었다. 조금 웃고 있는 것 같았다. 고개를 살짝 돌린 아내의 볼이 조금은 발그레해진 걸 나는 분명히 보았다. 아내는 누군가와 대화를 나누며 설레고 있었다. 나는 신발을 벗다 말고 숨죽인 채 밖으로 나갔다.

다시 그녀

남편이 출근을 했다. 나는 습관처럼 K에게 전화를 걸었다. 남편에게 미안한 마음이 커질수록 K를 찾는 시간이 잦아진다. K의 목소리다. K의 목소리를 들으니 저절로 웃음이 난다. 남편과 나 사이에는 서로에 대한 배려만 남았다. 꼭 남처럼, 미안하지 않으려고만 서로를 대한다. 힘들었던 일이나 불만을 감추기 시작하니 조금씩 대화도 줄어들었다. 우린 조금씩 남이 되어갔다. 집은 자꾸만 조용해졌다. 그래서인지 K와 통화하는 시간이 더욱 기쁘다. 나는 참새처럼 종알거린다. 그러다 문득, 인기척을 느껴 뒤를 돌아봤다. 남편이었다. 왜 다시 돌아왔을까? 언제 들어왔는지는 알아채지 못했지만, 돌아서서 나가는 남편의 뒷모습이 환영처럼 남아 어른거렸다. 내가 그의 뒷모습을 목격했듯, 그도 나의 웃는 얼굴을 보았으리라.

*

　남자가 퇴근을 하고 돌아왔어요. 무언가를 이야기하고 싶은 표정을 짓고 있지만, 여자는 남자에게 눈길을 주지 않아요. 그들에게 대화가 필요하다는 건 이 집에 온 지 얼마 되지 않은 나도 느끼는 사실인데 말이에요. 내가 어렴풋 느꼈던 그들의 마음을 얼른 서로 터놓고 이야기했으면 좋겠어요. 그들이 터놓고 이야기를 한다면 여자가 잠 못 드는 날은 사라지겠고, 수면안대인 나는 그녀에게 쓸모없는 존재가 되겠지만 괜찮아요. 이 집에 흐르는 이 고요함이 사라질 수 있다면 말이에요. 그들이 더이상 서로에게 상처내지 않고 이야기를 한다면, 나는 더 기쁠 거예요.

*

사 / 물 / 의 / 한 / 마 / 디

"잠이 안 와요?
자장가라도 불러줄까요?"

가
지
마
,
밀
라
노

커피 잔을 들고 창가에 기대어 섰다. 담배 하나를 꺼내 물고 불을 붙였다. 저절로 한숨이 나온다. 후……. 시간이 다가올수록 어떻게 해야 할지 몰라 불안하다. 누구라도 지금 내 곁에 있다면 이렇게 물어보고 싶다.

'그를…… 잡아야 하는 걸까요?'

알고 있다. 밀라노 유학을 하루 남겨놓은 지금에 와서 그의 계획을 바꿀 수 없다는 것을. 그의 유학 결정을 오래전 알고 있었고, 심지어 응원을 아끼지 않은 내가 이제 와서 '가지 마'라고 얘기하는 게 우습다는 것도 알고 있다. 담배를 재떨이에 비벼 끄고 식어버린 커피를 한 모금 마신다. 안타깝지만, 그가 떠나면 우리 사이도 끝이라는 걸 알고 있다. 기분좋게 보내주리라 다짐했건만, 며칠 전부터 쿨하게 '잘 지내다 오라'고 말했지만, 정작 아무것도 하지 못한 상태로 삼 일 밤낮을 지새웠다. 언젠가 돌아올 테지만, 나에게는 영영 돌아오지 않을 남자. 난 아직 보낼 준비가 되어 있지 않은데, 이렇게 많이 사랑하고 있는데 자신의 미래를 위해 훌쩍 떠나는 이기적인 그가 솔직히…… 밉다. 오늘을 대비해 속으로

백 번 천 번 리허설을 했지만 '잘 다녀와'라는 말이 도저히 나오지 않는다.

오후 3시 35분. 휴대전화를 들어 최근 통화 기록을 살핀다. 지금쯤 사람들과 인사를 나누느라 정신이 없겠지. 지금 전화하면 바쁘다며 짜증내겠지? 나를 조금도 생각하지 않는 너라는 인간. 전화를 걸어 당장 만나자고, 네 앞에서 아무렇지 않은 척했지만 사실 널 못 보내겠다고, 나를 두고 가지 말라고 말하고 싶은데……. 남자가 세상의 전부는 아니잖아, 라고 큰소리 떵떵 쳤지만 사실 난 너 없이 혼자 지내는 게 두려운 그런 여자야.

그가 없는 여기를 상상할 수 없어 방 여기저기를 불안한 듯 배회하던 내 눈에 작은 쇼핑백이 눈에 들어왔다. 먼 길 떠나는 그를 위해 준비해둔 선물. 공항에서 그에게 이걸 주면 좀더 멋진 여자처럼 보이겠지, 라고 생각했던 자신이 후회스럽다. 쇼핑백에 들어 있는 지도 상자를 꺼내어본다. 한참을 들여다보다가 휴대전화를 들었다. 마지막으로 그에게 해야 할 말이 떠올랐다. 오늘은 정말 내가 하고 싶었던 말을 하고 말 것이다.

"나는 지도 한 장에 불과하지만,

당신이 나를 보며

꿈 꾸 는 세 상 은

얼마나 거대한가요?"

눈
내
리
는

밤
의

야
근

●

　하나둘 떨어지던 눈송이는 오후 다섯시가 넘어가자 눈발이 엄청나게 흩날리기 시작했다. 12월, 눈이 내리니 연말의 풍경의 풍경이 더욱 짙어졌다. 사람들은 평소보다 서둘러 퇴근을 준비했다. 눈이 오니 길이 막힐까, 없던 약속을 만들거나 서둘러 집으로 돌아가려는 사람들 때문에 사무실엔 분주한 공기가 흘렀다. 수요일, 평상시 같았으면 더러 야근하는 사람들이 있었겠지만 갑자기 내린 눈 때문인지 오늘은 사람들이 썰물 빠지듯 떠나간다.

　수요일이건 금요일이건 가리지 않고 일주일의 대부분을 회사에서 야근하다 퇴근하는 K만이 오늘도 사무실에 남아 모니터에 코를 박고 있었다. 그녀는 대부분의 사람이 빠져나간 것을 확인한 후 나에게로 손을 뻗어 탁, 하고 스위치를 내렸다. 내가 방향을 아래로 바꾸고 나니 주위는 어둠이 깔렸다. 그녀는 '정말 아무도 없는 거야?'라고 작은 목소리로 중얼거리더니 책상 위 스탠드 불빛에만 의존한 채 열심히 키보드를 두드렸다. 일을 못 하는 게 아니었다. 다만 꼼꼼하고 철저한 성격 때문에 대충 넘기는 법 없이 일을 처리했기 때문이었다.

하지만 사람들은 그녀에게 '일중독이다' '승진에 눈이 멀었다' 하며 가시 박힌 농담들을 잘도 늘어놓았다. 그녀는 그럴 때마다 그저 웃어 넘겼지만 때로는 잘 알지도 못하면서 함부로 말을 하는 사람들을 미워하는 것 같았다. 삭막한 서울 하늘, 갑작스럽게 눈이 내린다고 해도 만날 사람도 없으니 그저 평소처럼 묵묵히 남은 일을 하는 수밖에 없다. 그녀가 앉은 자리 뒷벽에 있는 나는 가장 먼저 출근하는 그녀에 의해 켜졌다가 늘 맨 마지막에 퇴근하는 그녀에 의해 꺼진다. 오늘 해야 할 업무를 이미 마친 나는 그녀 뒤에서 묵묵히 그녀를 바라보고 있었다. 밝혀줄 필요도 없으니 마땅히 할 일도 없었다.

시곗바늘이 8시 40분을 가리켰다. 그때 사무실 현관문 쪽에서 잠금장치가 풀리는 소리가 들렸다.

—음? 누구지?

놀란 K는 모니터 위로 고개를 삐죽 내밀고 현관문 쪽을 바라봤다.

—아휴, 무슨 눈이 이렇게 많이 와.

두툼한 패딩 점퍼에 묻은 눈을 툭툭 털며 들어오는 사람은 영업부 박대리였다. 외근 나갔다가 바로 퇴근하지 않고 회사로 들어온 모양이었다. 일이 남은 걸까?

—오늘도 야근이에요?

불 켜진 자리에 홀로 남은 K를 보고 박대리가 말했다.

—네. 근데 이 시간에 어쩐 일이세요? 바로 퇴근하셔도 되는 거 아니에요?

—내일 오전에 업무 보고가 있어서 정리하고 가려고요.

머쓱하게 웃으며 말하는 박대리와 눈이 마주친 K는 황급히 고개를 돌렸다. 불을 꺼 어둑어둑해진 조명 사이로 보이는 그의 눈매가 이상하게도 K의 마음을 움직이는 것 같았다. 박대리는 의자에 점퍼를 벗어 걸쳐놓은 뒤 K에게로 다가왔다.

—저녁은 먹었어요? 나 컵라면 먹을 건데, 같이 먹어요. 내가 물 부어 올게요.

그녀를 격려하기보다 타박하는 사람들이 많은 이 사무실에서 유일하게 그녀를 응원해주는 사람이 바로 박대리였다. 그는 무신경한 듯 보였지만, 늘 지나가는 말로 그녀에게 뭐라고 하는 직장 동료들에게 한마디씩 하곤 했다. 그럴 때마다 K는 혹시 박대리가 자신을 좋아하는 게 아닐까, 하고 생각하는 것 같았다. 하지만 금방 다시 자신에게 무관심해지는 그를 보고 자신의 오해가 도를 넘었다고 자책했다.

—이런 날 데이트 할 남자 없어요?

컵라면을 한 손에 쥐고 면발을 후루룩 넘기던 박대리가 물었다. 라면도 시원스레 먹는 남자다운 모습이 왠지 모르게 K의 마음을 설레게 했다. 눈 때문일 거야,라고 생각하면서도 컵라면에 집중할 수가 없었다.

—그러는 박대리님은요? 회사에 다시 들어올 만큼 만날 여자가 없는 거예요?
—아, 나야. 내일 아침 회의 때문이라니까요. 안 그래도 친구가 만나자고 전화했는데 그냥 뿌리치고 왔다고요.

킥킥대며 웃던 K는 반도 못 먹은 컵라면을 내려놓으며, '커피 드실래요?' 하고 물었다. 작은 용기에 든 컵라면을 벌써 다 먹은 박대리가 물을 마시고 있었기 때문이었다.

—그러고 보니 벌써 크리스마스네요. 설마 크리스마스에도 야근 하는 거 아니죠?
—크리스마스는 공휴일입니다만.
—아차차. 그렇지. 하하. 음…… 혹시 그날, 만날 사람 없으면 나랑 영화나 볼래요?

K는 잘못 들었다고 생각하고 아무런 대답을 하지 않았다. 손에 쥔 종이컵 속 커피 위에 떠 있는 작은 거품만을 멍하니 바라보고 있었다. 그러는 그녀를 보고 박대리는 또 말한다.

—내 말 들었어요? 나 지금 데이트 신청하는 거잖아요.

K는 그제야 정신을 차리고 놀란 토끼눈이 되어 박대리를 바라 보았다. 그러곤 살짝 고개를 끄덕, 했다.

─그럼 저는 제자리로 돌아갑니다. 얼른 일 마무리 지어요. 집에
  바래다줄게요.

또 어느 때처럼 툭 털고 자리에서 일어난 박대리는 성큼성큼 자
리로 돌아갔다. 늘 헷갈리게만 했는데, 의외의 구석이 있는 남자
였나 보다. K는 모니터 사이로 고개를 숨긴 채 미소 지었다.

사 / 물 / 의 / 한 / 마 / 디

"당신은 하루에
몇 번이나 나를 만나나요?"

4 ... 그 여자, 사전을 모으다

인
연
의

시
작

●

　오늘도 나는 그녀의 핸드백 안에 들어 있어요. 다른 건 몰라도 나를 꼭 챙기는 그녀는 손이 곱기로 소문이 자자하죠. 미안, 사실 이건 살짝 내 자랑이에요. 그녀의 손이 아름다운 건 타고난 것도 있지만 나를 찾는 바지런함 때문이거든요. 그녀는 손을 씻을 때마다 늘 나를 꺼내어 정성껏 발라요. 맞아요. 아름다움의 비결은 바로 '정성'에 있어요. 여자의 손도 그래요. 핸드크림인 내게 손은 사람의 첫인상을 보여주는 기준이라고 생각해요. 다행히 요즘 들어 네일 케어 등 손을 관리하는 데 각별한 관심을 기울이는 여자들이 많아졌어요. 핸드크림인 나로서는 반가운 소식이죠. 덕분에 나는 여자라면 반드시 휴대해야 할 필수품으로 등극했으니까요. 가방 속은 물론 집 화장대 위에도, 회사 책상 위 모니터 옆에도 나를 여러 개 두는 사람들이 많아졌어요. 심지어 언제부턴가 남자들도 나를 가지고 다니기 시작한 거 있죠. 세상에 이런 일이⋯⋯.

　오늘 수진은 친구 혜숙의 주선으로 소개팅을 하기로 했어요. 회사에서 마케팅을 하는 그녀는 야근이 잦지만, 오늘은 날이 날이니만큼 제때 퇴근해 약속 장소로 향했어요. 늦지 않아 다행이라고 여기며 카페에 들어섰는데 남자는 10분 먼저 도착해 그녀를 기다리고 있었어요..

— 혹시 수진씨인가요?

한눈에 그녀임을 알아본 남자는 자리에서 일어나 정중하게 인사를 건넸어요. 사진을 보지 않고 나와서 쉽게 못 찾을 줄 알았는데, 서글서글한 눈매가 매력적인 남자였어요.

— 많이 기다리셨죠? 죄송해요. 빨리 온다고 왔는데.
— 아닙니다. 제가 좀 일찍 왔어요. 앉으세요. 주문부터 할까요?

살짝 미소를 지으며 고개를 끄덕이는 수진을 바라보는 남자의 표정이 밝았어요. 두 사람은 저녁식사에 앞서 커피를 마시기로 했어요. 커피를 주문하고 어색한 시간이 흐를 때쯤 수진이 잠시 실례하겠다며 핸드백을 들고 화장실로 갔어요. 운전하고 왔으니 핸들 잡은 손을 닦아야겠다고 생각한 것 같아요. 미지근한 물로 손을 씻고 거울에 비친 옷매무새를 살피는데 이상하게 웃음이 나기 시작했어요. 그와 잘 해보고 싶은 마음이 나의 뚜껑을 여는 손놀림에 그대로 전해지는 듯했어요. 수진은 나를 손에 골고루 발랐어요. 내 몸에서 나는 기분좋은 향기를 그도 맡을 걸 생각하니 괜히 흐뭇해졌어요.

—손이 참 예쁘시네요.

커피잔을 집어드는 수진에게 그가 말을 건넸어요. 아니 이 남자!

—무슨요. 그냥 손 씻고 핸드크림을 잊지 않는 것밖에 없어요.

남자는 화려하게 장식된 손톱이 아닌, 깔끔하게 정리된 그녀의 손을 더 좋아하는 것 같았어요. 내 예상이 틀리지 않는다면 수진의 손을 잡아보고 싶다는 생각을 한 것 같아요.

—아무래도 키보드를 자주 치다보면 손에 소홀하게 되잖아요. 그래서 귀찮아도 핸드크림만큼은 꼭 챙기려고 해요. 요즘엔 남자분들도 손 관리를 하던데 어떠세요?

―저는 얼굴에 로션도 잘 안 바르는 남자예요. 어떤 날은 바르고 어떤 날은 그냥 넘어가죠. 허허.

수줍은 듯 머리를 긁적이며 해맑게 웃는 그가 순진하고 솔직해 보였어요. 아니 좀 귀엽다고 수진은 생각했어요.

―핸드크림을 바르면 손이 촉촉해서 좋아요. 그런데 저는 또다른 이유가 더 있어요. 핸드크림을 바를 때마다 나를 계속 가꾼다는 느낌이 들어서 좋아요. 사실 시간도 없고, 비싸기도 해서 마사지를 받으러 다닐 여유가 없잖아요. 그런데 핸드크림은 적은 돈으로도 내가 소중하다는 느낌을 안겨줘요.

남자는 고개를 끄덕이며 수진의 말을 들었어요. 공감한다는 표정으로 수진의 말을 경청하는 남자의 눈동자가 수진의 눈과 마주쳤어요. 남자 역시 작은 것에서 행복을 느끼는 수진에게 좋은 느낌을 받은 것 같았어요.

―제가 너무 쓸데없이 말이 길었네요. 제대로 소개도 안 했는데요.
―아닙니다. 다음에 만날 때 저에게도 핸드크림 하나 추천해주세

요. 저도 소중해지고 싶은걸요.

야호! 나는 수진의 핸드백 속에서 쾌재를 불렀어요. 오늘 소개
팅이 성공한다면 내가 제대로 한몫한 걸 테니까요.

사 / 물 / 의 / 한 / 마 / 디

"나를 너무 많이 짰다며 덜어준다는 핑계로
이성 친구의 손을 슬쩍 잡는 사람들을 여럿 봤는걸요."

자세히 들여다본다

●

나는 그녀와 23년을 함께했다. 그녀가 서른 살일 때 처음 이 집에 왔는데 언제 이렇게 세월이 흘렀는지 실감이 나지 않는다. 20여년 전, 동네 재래시장에서 고운 손으로 세련되지도 아름답지도 않은 나를 집어들던 그녀의 손길을 잊을 수 없다. 누군가에게 선택되어 긴 시간을 함께한다는 것은 특별한 의미가 있는 것 같다. 사람의 삶도 그렇겠지만, 우리 같은 사물의 삶도 상상하지 못한 방향으로 흐른다는 점에서 같다고 할 것이다.

그녀가 무뎌진 몸을 일으킨다. 이제는 자리에서 일어나거나 앉을 때마다 자연스럽게 끙끙대는 소리가 새어 나온다. 그럴 때마다 늙어가는 자신을 확인하는 것 같아 속상해하는 그녀의 모습을 보는 게 나 역시 좋지만은 않다. 아, 내 소개가 너무 늦었다. 나는 그녀의 앞치마다. 세 아이를 키운 엄마, 어느덧 염색하지 않으면 반백이 되어버리는 여자의 오래된 앞치마. 군데군데 낡아서 해지고, 목을 거는 부분이나 팔을 끼는 연결 부위에 여러 번 꿰맨 자국이 선명하지만 부엌 한쪽 구부러진 세탁소 옷걸이에 걸려 있다.

누군가는 요즘 오십대는 청춘이라 말하지만, 나의 그녀는 다른 듯하다. 23년을 함께한 내 기억에 따르면, 요즘 들어 더욱 어려지고 연약해졌다. 아이들이 장성해서 더이상 엄마의 손길을 필요로 하지 않을 무렵 제2의 삶을 찾아 나서는, 스스로 씩씩해지는 중년의 여인들과 달리 그녀는 무력하기만 하다. 언제부턴가 주방에서 음식을 조리할 때 나를 찾는 일도 드물어졌다. 내가 귀찮아진 걸까. 나를 두르지 않고 요리를 하거나 설거지를 하다 옷에 물이 튀거나 찌개 국물이 튀어야만 주방 구석에서 나를 가지고 온다.

비록 앞치마에 불과하지만, 이 집에서 오래 머무는 동안 '여자가 나이가 든다는 것'에 대해 생각하는 시간이 많아졌다. 점점 둔해지는 몸짓, 예민해지는 성격. 사람이 그리워질 때면 집으로 친구들을 부르거나 전화로 수다를 떠는 그녀. 지난주에는 친구들을 집으로 초대해 김치를 썰어 넣은 칼국수를 함께 먹고 믹스커피로 입가심을 하다가 앞마당에 피어난 들꽃을 보며 이렇게 말하는 걸 들었다. 마치 남의 집에 온 듯한 표정으로 "요즘은 이런 걸 자세히 들여다보게 돼"라고 말하는 그녀의 표정은 무심하면서도 슬픔으로 가득했다.

─꽃 말이니?

─응. 꽃이든 뭐든. 옛날에 자세히 보지 않았던 것들, 그냥 지나친
  것들.

마당의 들꽃은 10년 전에도, 작년에도 같은 곳에 있었다. 주방
에 있는 나도 알고 있는 꽃을 이제야 자세히 들여다보게 된다는
그녀의 말에 내 몸의 바느질 자국에 작은 통증이 전해져왔다. 같
은 또래의 그녀의 친구들도 공감한다는 듯 고개를 끄덕이며 말없
이 커피를 홀짝였다. 그때 피부가 하얗고 아직 소녀 같은 한 친구
가 입을 열었다.

─너, 윤옥이 기억나니?

─김윤옥? 기억은 나는데 하도 오래돼서 얼굴이 가물가물하네.

─난, 윤옥이가 너무 밉다?

─왜?

─어쩜 이렇게 그립게 만드니. 왜 그렇게 일찍 가서는…….

누가 이들을 억세고 악착같은 오십대 아줌마들이라고 부른 걸
까. 주방에서 그녀들의 대화들을 엿듣자니 열일곱 여고생들의 쉬

는 시간 잡담 같기만 하다. 그들과 함께 나이들었다는 사실이 오늘은 유난히 고맙게 느껴진다.

요즘 사람들은 낡은 것을 쉽게 버리고 새것만 찾는다. 좀더 빨리를 외치는 사이, 느린 것은 치워진다. 하지만 오늘 우리 집에 모인 '소녀들'은 달랐다. 오랜만에 대청소를 하는 날 가족들이 버리라고 타박해도 좀처럼 손때가 묻은 물건을 버리지 못하는 그녀들. 그래서 나 같은 오래된 앞치마가 이렇게 살아 있는 것이다. 그녀가 칠십이 되고 구십이 되어도, 아주 가끔 그녀의 주름진 목에 둘러질 수 있기를 소망한다. 아주 오랜 후, 그녀가 문득 나를 들여다보며 '그래, 네가 있었지'라고 추억할 수 있기를.

"저는 이 집 아버지가 저를 두르고
어머니 몰래
설거지를 해줄 때마다

피식 웃어요."

반지

내
가
있
던
자
리

●

    오래도록 내가 있던 그녀의 왼쪽 네번째 손가락에는 하얗고 희미한 선이 그려져 있다. 그녀는 나를 빼서 책상에 올려놓고 한참 동안 내가 있던 자리를 만지작거렸다. 그렇게 해도 내가 있던 자리의 흔적은 쉽게 사라지지 않았다. 1년 넘게 하루도 빠짐없이 같은 자리에 끼워져 있던 나였으니까. 대체 무슨 일이 생긴 걸까. 오늘, 갑자기 나를 물끄러미 바라보다가 잘 빠지지 않는 나를 조금씩 조금씩 돌려 빼낸 이유는 무엇일까. 익숙한 곳에 오래도록 머물다가 낯선 곳으로 옮겨진 나는 어리둥절했다. 어서 빨리 원래 있던 곳으로 되돌아가고 싶었다. 불안했다. 나를 이대로 놔둘 것만 같아서, 나를 저 어두운 책상 서랍 속으로 쫓아낼까봐 조마조마했다.

    그녀는 나를 무척 좋아했다. 회사에서 일하다가 중간 중간 일손을 멈추고 왼쪽 손가락을 펴서 나의 존재를 확인하곤 했다. 나는 충분히 그럴 만했다. 그의 프러포즈 반지였으니까. 비싸지는 않지만 화려함보다 수수함과 단아함을 사랑하는 그녀에게 딱 어울리는 그런 반지였다. 그는 그녀의 취향을 고려해 내 부모에게 직접 디자인을 의뢰했다.

그녀를 향한 사랑으로 그려지고 제작된 내가 그의 심장과 머리를 거쳐 나오기까지는 꼬박 3주가 걸렸다. 소박하지만 세련된 은빛 상자에 담겨, 그가 정한 프러포즈 날짜에 맞춰 배달되었다. 어느 날과도 비교할 수 없는 특별한 날, 짐짓 긴장한 듯 떨리는 그의 손에서 나와 그녀의 손가락에 끼워졌을 때 나는 알 수 있었다. 여기가 내 자리구나. 그녀의 하얗고 긴 손가락은 아주 편했다. 그가 내가 있는 그녀의 손을 잡아줄 때는 내가 더 행복했다. 누군가에게 사랑받는다는 것이 무엇인지 알 수 있었다.

그런 그녀가 나를 빼놓았다. 세수할 때에도, 샤워할 때에도 빼놓지 않았던 나를. 무슨 일이지? 혹시 그와 헤어진 걸까. 그럼 나는 어떻게 되는 거지? 난 그 흔한 커플링이 아니잖아, 나는 아주 특별한 프러포즈 반지잖아. 만약 내 불안한 예감처럼 두 사람이 헤어진다면 나는 어디로 가는 걸까. 다시 그에게로 돌아가는 걸까? 불길한 예감은 점점 커져만 갔다.

정오. 점심시간이 되자 그녀는 자리를 정리하고 일어났다. 그녀가 나를 다시 끼워주길 간절히 기도했지만 그녀는 나를 버려둔 채 작은 손지갑과 휴대전화를 챙겨 밖으로 나섰다. 넓은 책상에 홀로 남겨진 나는 말없이 기다리는 수밖에 없었다.

—미영씨, 어디 가? 점심은?

—네, 팀장님. 밥 생각이 별로 없어서요. 맛있게 드세요.

—아침부터 표정이 안 좋은 것 같더니, 어디 아픈 건 아니야?

—아니에요. 맛있게 드세요.

＊

밥 생각이 날 리 없다. 예민한 성격 탓에 신경이 쓰이면 명치 끝이 콕콕 쑤셔온다. 밥 대신 커피나 한 잔 해야겠다 싶어 엘리베이터로 향했다. 한창 식사시간이기 때문인지 자주 가는 카페에는 손님이 나밖에 없었다. 아메리카노 한 잔을 주문하고 창가 자리에 앉았다. 손가락이 허전했다. 고작 반지 하나 뺐을 뿐인데, 장갑을 뺀 것처럼 시렸다. 반지 자국은 여전히 선명했다. 커피 한 모금을 입에 대자 문자음이 울렸다.

'내가 잘못했어. 미안해. 점심 꼭 먹어, 알았지?'

민우다. 문자 메시지를 읽자 나도 모르게 눈물이 차올랐다. 쟁반에 담긴 티슈로 눈물을 찍어냈다. 이럴 줄 알았으면 창가 자리에 앉지 말걸, 짧은 후회를 했다. 결혼할 때가 임박해서인지 요즘 유난히 예민해졌나 보다. 별것도 아닌데 짜증을 내는 나를 차곡

차곡 받아주던 민우였지만, 어제는 달랐다. 나에게 화를 내는 그의 모습이 낯설고 놀라워 서둘러 집으로 돌아왔다. 많은 커플이 결혼을 준비하며 다투고, 심지어 깨지는 경우까지 있다지만, 우린 아니겠지, 라고 생각했다. 하지만 우리라고 다르지 않아서, 하루하루 싸움이 잦아졌고 만남도 조금씩 줄어들었다. 자신보다 늘 내가 우선인 민우를 믿고 말도 안 되는 투정을 부린 적도 많았다. 어떻게 해도 그는 나를 떠나지 않을 거란 걸 알기에. 하지만 그도 결국 사람이었다.

— 이럴 거면 그만 둬! 결혼이고 뭐고 끝내. 나도 더는 못하겠어.

그렇게 우리의 대화는 끝이 났고, 3일이라는 긴 시간이 지났다. 이번 기회에 우리의 결혼을 침착하게 되짚어보는 것도 나쁘지 않을 것 같았다. 내가 먼저 연락할 용기는 나지 않았다. 늘 다음날이면 아무렇지 않은 듯 연락해오던 그였지만, 이번에는 달라서 아무런 연락이 없었다. 불안했다. 정말 이대로 끝나는 걸까.

민우는 알고 있었다. 신경쓸 일이 생기면 나는 밥을 먹지 못한다는 걸, 까칠한 나를 받아줄 사람은 자기밖에 없다는 것을.

'나도 미안해'라고 짧은 답장을 보냈다. 안도의 한숨. 반지까지 빼고, 정말 끝인가 싶었다. 그리고 알았다. 우리는 구구절절 거추장스러운 말이 필요하지 않는 오래된 연인이라는 걸. 서로 잘잘못을 따지지 않는, 한쪽이 풀리면 자연스럽게 다른 쪽도 풀리게 되어 있는 그런 사이라는 걸 알았다. 문자 메시지를 보내기까지 그가 얼마나 많은 고민을 했을까. 커피는 여전히 따뜻했다. 창밖에는 오후의 햇볕이 반짝였다. 허전한 손가락을 매만지며 다짐했다. 다시는 빼지 않겠노라고. 얼른 사무실에 들어가 반지를 다시 끼어야겠다.

*

그녀가 돌아왔다. 나는 잔뜩 긴장한 채 그녀를 지켜보았다. 아⋯⋯ 그녀가 자리에 앉자마자 나를 손가락에 끼웠다. 오른손으로 살며시 나를 매만지며 되뇌던 그녀의 혼잣말이 또렷이 들려왔다.

'미안해.'

사 / 물 / 의 / 한 / 마 / 디

"내가 대신 이야기해도 돼요? 사랑한다고요."

215

(04) 장화

신
발
장

속
사
정

●

　6월의 어느 날. 조금은 무덥지만 화창한 날씨에 기분이 좋아집니다. 비록 신발장에 갇혀 있는 신세이지만, K가 어떤 신발을 신고 나갔는지, 베란다 밖 참새들이 재잘거리는 소리 등을 통해 날씨를 예감할 수 있는 나는 장화랍니다. 하지만 신발장 속에서 나는 만성 우울증 환자로 여겨집니다. 맞아요. 나는 늘 우울해요. 기분좋게 외출하고 싶은 날에는 어두컴컴한 신발장에 갇혀 있어야 하고, 천둥벼락이 치고 비가 오는 날에만 나가다보니 기분이 좋을 리 없겠죠. 나는 장화니까요.

　작년과 달리 올해는 비가 별로 오지 않았어요. 어쩌다 비 소식이 들려와도 나를 신고 나갈 정도는 아니어서 좀처럼 나가지 못하고 있어요. 한여름 시원하게 쏟아지는 비를 맞은 게 언제인지 기억이 가물가물할 정도예요. 오래전, 비가 많이 내리던 날, K가 나를 신고 어린아이처럼 첨벙대던 모습이 그리워집니다. 하지만 지금 K는 잦은 야근과 주말 근무에 지쳐 신발장을 열어보지도 않고 현관에 놓여 있는 회색 플랫슈즈만을 신고 다닌답니다. 비가 올 때만 신는 신발인 나는 참고 견딜 수 있다 해도, 그녀가 그토록 좋아하던 시원한 바다색 하이힐과 하얀색 펄이 들어간 샌들은 몹시 낙담하는 눈치예요. 매일 아침, 저는 이렇게 외쳐요.

─K, 신발만 바꿔 신어도 기분이 좀 나아질 거야.

물론 제 목소리가 들릴 리 없겠지만요. K는 왜 늘 우울한 회색 플랫슈즈만 신는 걸까요.

어제는 신발장 속 신발들끼리 회의를 가졌어요. 한 달 내내 비가 내리는 장마철이 곧 올 텐데, 지금처럼 K가 한 가지 신발만 고집한다면 우리 몸에 곰팡이가 필지도 모른다는 걱정과 두려움 때문이었어요. 내 몸에 파란 곰팡이가 피어나는 모습은 상상만 해도 아찔해요. 오늘도 신발장 속은 덥고 어두워요. 기분좋은 상상을 하며 우울함을 떨치려 노력해보지만 무거워지는 마음은 어쩔 수 없는 것 같아요. 밝은 날에도 신고 나갈 수 있는 장화는 없는 걸까요? 만약 다음에도 다시 신발로 태어나야 한다면, 화사하고 예뻐서 매일 신고 싶은 신발로 태어나고 싶어요. 그나저나 비는 언제 올까요?

"오늘은
조용한 카페에서

비 오는 풍경이나
내다보고 싶다."

구 두 의 소 망

•

    아침잠을 조금 줄여주세요. 밤에 휴대전화를 만지작거리지 않고 30분만 일찍 잠자리에 들어도 너끈히 일어나지 않을까요? 당신은 나를 아끼고, 나를 늘 신고 나가려 하죠. 하지만 나는 여유로운 아침에 더욱 빛나는 존재랍니다. 며칠 전, 당신의 다리를 삐끗하게 했던 건 내 잘못이 아니에요. 정말이에요. 당신이 조금만 미리 준비했어도 약속 시간에 늦지 않을 테고 허둥대지도 않았을 거예요. 당신도 잘 알잖아요. 당신이 나를 신고 허리를 쭉 펴고 또각또각 여유로이 길을 걸을 때 사람들의 시선을 받는다는 것을. 나 역시 그때가 가장 행복해요. 나도 사람들의 시선을 느낀다고요.

    하지만 그날처럼 시간이 촉박하다고 해서 빨리 걷거나 뛰면 식은땀이 줄줄 흘러요. 당신도 알잖아요. 그때는 내가 위험한 존재로 변한다는 걸. 잊지 말아요. 내 높이가 무려 10센티미터나 된다는 것을요. 나는 소망해요. 당신이 얼굴에 스치는 초가을 바람을 긴 호흡으로 느끼며 걸어가기를. 바로 오늘처럼 말이죠.

한 가지 더 부탁해도 될까요? 휴대전화는 앉아 있을 때만 볼 수 없나요? 나를 신고 종종걸음으로 바삐 걷는 것도 모자라, 휴대전화를 뚫어지게 바라보고 만지작거리는 당신 때문에 내 가슴은 늘 조마조마하답니다. 어제처럼 휴대전화를 보고 걷다가 보도블록의 틈 사이에 내가 들어가 찌익 상처라도 나면 당신도 많이 속상해하잖아요. 그러니 부디 걸을 때에는 걷는 것에만 집중해주세요. 당신이 걷는 30분 아니 10분 사이에 휴대전화에는 아무런 일도 벌어지지 않거든요. 그래요, 아예 가방에 넣어 두는 것도 좋겠지요.

난 가끔 당신에게 서운할 때가 있어요. 중요한 미팅이 있거나 약속이 있는 날, 하루종일 나를 신고 뽐내다가 늦은 밤 집으로 돌아와서 종아리를 주무르며 나 때문에 발목이 아프다느니, 온몸이 피곤하다느니 불평하는 당신 때문에 상처를 받곤 해요. 물론 나도 인정해요. 내가 당신의 발에 피로감을 안겨준다는 것을. 대신 당신에게 아름다운 각선미를 안겨주잖아요. 그러니 나를 신고 너무 오래 서 있진 말아요. 가끔 아무도 보지 않을 때, 당신이 혼자 있게 될 때는 잠시 벗어놓아도 좋아요. 나 때문에 온종일 웅크리고 있어야 하는 당신의 발가락에게 미안한 마음을 덜 수 있을 테니까요.

내일을 위해 나를 현관에 미리 꺼내놓은 당신에게 고마움을 전합니다. 우리 내일 만나요. 또각또각 상쾌한 소리로 함께할게요.

사 / 물 / 의 / 한 / 마 / 디

"어렸을 때 잠을 제때 자서
이렇게 다리가 길어졌나 봐요."

장르가 다른 드라마

●

　의심스러워웠다. 과연 사람들이 나를 좋아해줄까? 이렇게 다시 태어났지만, 나조차 생각하지 못한 모습으로 변했지만 사람들이 나를 사용할지, 사랑할지 자신이 없었다.

　나는 원래 현수막으로 세상에 태어났다. 연희동 주택가, '블루마트' 라는 가게가 신장개업을 알리는 배너였다. 가게 이름이 '블루마트' 여서일까. 코발트블루로 디자인된 나를 보고 사람들은 호기심이 발동하는 눈치였다.

　—마트가 새로 생겼나봐.
　—그래? 한번 가봐야겠네.

　하지만 어느 누구도 비가 오면 비를 맞고 눈이 오면 눈을 맞고, 가끔 세게 부는 바람에 넘어지는 나를 불쌍히 여기는 이는 없었다. 사람들에게 새로운 소식을 알리고 난 뒤 어디론가 쓸쓸히 버려진다는 사실도 관심이 없는 듯했다. 그렇게 나는 쓰레기가 되었다.

그런데 바로 오늘, 나는 다시 태어나게 되었다. 사람 좋게 생긴 재단사가 기다란 내 몸 여기저기를 만지고 다듬어 '가방'이 된 것이다. 재단을 마치고 재봉틀로 다듬고 몇 가지 디자인을 가미하고 마지막으로 손잡이를 단 후 나를 향해 속삭인 그의 말을 영원히 잊을 수 없을 것 같다.

— 음~ 쓸모 있겠는데!

쓸모 있게, 라는 말. 나 같은 사물에게, 그것도 본래의 쓰임을 마치고 버려진 사물이 다시 쓸모 있는 물건이 된다는 건 생명을 다시 얻는 것과 같다. 내가 가방이 되다니! 블루마트 앞에서 개업을 알리던 현수막으로 살아갈 때의 나는 늘 한 곳에 머물러 있었다. 하지만 가방이 된 지금의 나는 여기저기를 다닐 수 있게 되었다. 누군가가 나를 들고 걷는 상상을 해본다. 그와 함께 난생처음 가보는 장소를 가보고, 현수막일 때 상상하지 못했던 많은 것을 보게 될 것이다. 그래, 나는 더이상 쓰레기가 아니다. 쓸모없이 버려진 현수막이 아니라, 연인에게 가족에게 친구에게 선물할 수 있는 가방이 되었다. 오늘, 나는 새로운 삶을 살게 되었다. 나에게 다른 장르의 드라마가 펼쳐졌다.

"세상에 쓸모없는 존재는 없어요."

휴
가

아마 다음주부터 나는 여름휴가를 떠나야 할 것 같아요. 내 경험에 따르면 6월 초부터 가을 바람이 살랑살랑 불어오는 9월까지, 제법 긴 시간이 될 것 같아요. 겨울부터 봄까지 언제나 나를 챙겨 신는 소민이 샌들을 찾아 신는 날이 바로 내 휴가의 시작이랍니다. 휴가를 가게 되어서 좋겠다고요? 아니요. 사람들은 모를 거예요. 조금씩 더워질 무렵, 오늘일까, 내일일까 본의 아니게 찾아오게 될 휴가를 기다리는 양말의 마음을. 생각해보세요. 매일 그녀와 함께 세상을 돌아다니다가 더운 여름 서랍장에 콕 박혀 있어야 하는 내 신세를.

하지만 올해만큼은 생각을 바꾸기로 했어요. 소민은 물론 모든 여자들이 맨발로 샌들을 신는 여름을 거역할 수 없다면, 그 시간을 온전히 쉴 수 있는 휴식과 재충전의 기간으로 삼기로 말이죠. 가끔 남자 주인을 만나 사시사철 외출할 수 있는 남성용 양말을 부러워한 적도 있었지만 이제 나는 알게 되었어요. 헤어짐이 있기에 만남이 소중하다는 것을, 헤어짐의 시간이 길수록 다시 만났을 때의 행복은 더욱 커진다는 것을 깨닫게 되었어요. 그건 소민도 마찬가지였는지, 가을의 문턱에 접어든 어느 날, 서랍을 열고 나를 꺼낼 때의 표정에서 나를 향한 그리움이 느껴진답니다.

오늘이 될지 아님 내일이 될지는 모르지만, 이번 여름휴가 동안 많은 생각을 하고 좀더 성숙한 양말이 되겠다고 다짐해봅니다. 사람이든 사물이든 어떤 대상과 떨어져 있는 시간은 반드시 필요한 것 같아요. 그 시간이 있기에 우리는 누군가 혹은 무언가의 빈자리의 소중함을 깨닫게 되니까요. 비록 양말이지만, 가끔 냄새나는 초라한 존재이지만, 양말로 살아온 지난 시간 동안 다른 사물이 느끼지 못한 그리움이라는 감정을 알게 된 것 같아 가슴 한편이 뿌듯해집니다. 나는 기다릴 거예요. 소민의 하얗고 보드라운 발을 감싸줄 가을 어느 날을 기다릴 겁니다. 그 시간까지 이 자리를 묵묵히 지키고 있을 거예요. 이젠 더이상 서운하지 않아요. 내게 주어진 '휴가'를 기꺼이 즐기기로 했어요. 잊지 마세요. 우리에겐 잠시 떨어져 있는 시간이 필요하다는 것을.

"세상에……

발가락이 나뉘어 있는
양말이 있다는 게

사실입니까?"

한
짝
의

귀
걸
이

●

'아니, 어떻게 된 거야? 왜 혼자야?'

'말 시키지 마세요. 아무 말도 하고 싶지 않으니까요.'

보석함에 들어온 '귀걸이 2'의 표정이 어둡고 우울하다. 언제나 둘이었던 그가 오늘은 왠일인지 하나로 들어왔다. 채린의 화장대에 놓인 다섯 칸짜리 보석함 속 귀걸이와 팔찌, 목걸이들이 일제히 술렁인다. 잠시 후, 채린이 방으로 들어오더니 곧바로 보석함을 열어 이리저리 뒤적인다.

— 진짜 없네. 어제 잃어버린 게 분명해. 어떡하지? 승범에게 뭐라
  고 말하지?

'잃어버렸다고?'

채린의 혼잣말을 들은 하트큐빅귀걸이가 소리를 질렀다. 채린에게 들릴 리 없겠지만 모두들 깜짝 놀라 하트큐빅귀걸이의 입을 틀어막았다.

'귀걸이 2야 말해봐. 네 쌍둥이 언니는 어디에 있는 거야? 어디서 잃어버린 거야?'

'모르겠어. 채린에게 물어봐, 내가 그걸 어떻게 알겠어.'

곁에서 듣고 있던 실버꼬임반지가 끼어들었다.

'어제 분명 같이 나갔잖아?'

'응. 채린이 클럽에 간다면서 우리 쌍둥이를 하고 나갔잖아. 화이트 원피스에는 우리 자매가 최고라면서 말이야.'

약간의 평정심을 찾은 귀걸이 2가 낮은 목소리로 말했다. 투명한 그녀의 눈에는 눈물이 그렁그렁했다.

'채린은 귀걸이가 빠져도 몰랐던 거야? 제법 커서 빠진 걸 금방 알았을 텐데.'

체인팔찌가 팔짱을 낀 채 입을 삐죽거리며 투덜거렸다.

'뻔하지. 신나게 노느라고 몰랐겠지! 어디 이게 한두 번이야. 지난번에 내 동생도 잃어버렸잖아.'

한 짝 밖에 남지 않은 빨간색 얇은 실팔찌가 몸을 후드드 떨며 불평하자 모두들 고개를 끄덕였다. 그 순간, 귀걸이 2가 '언니~~' 하며 울음을 터뜨렸다. 클럽 어딘가에 떨어져, 많은 사람들에게 짓밟혔을지도 모를 언니를 생각하니 견딜 수 없었을 것이다.

'채린은 정말 문제야. 덜렁대는 건 둘째치고, 물건 귀한 줄을 모

르잖아.'

'우리가 조심한다고 되는 게 아니잖아. 나갈 때마다 긴장해야
하는 우리의 사정을 알까? 오늘은 집에 무사히 돌아갈 수 있을까
염려하는 우리의 마음을 말이야.'

보석함 속 액세서리들은 마치 약속이나 한 듯 입을 모아 채린
을 성토했다.

그때 채린의 휴대전화가 울렸다.

—응, 나야. 뭐? 진짜? 그걸 어떻게 네가 갖고 있어?

액세서리들은 귀를 쫑긋 세운 채 그녀의 통화에 집중했다.

—아~ 내가 귀걸이를 떨어뜨린 게 아니라 귀가 아파서 잠깐 테이
블에 빼놓고 그냥 나온 거구나. 까맣게 잊고 있었지 뭐야. 다행
이다. 술 좀 줄여야겠어. 아침에 정신을 차리고 보니 귀걸이가
한 짝밖에 없는 거야. 그거 승범이가 생일 선물로 사준 거잖아.
내가 얼마나 아끼는 건데. 고맙다 친구야! 내가 맛있는 거 살게.
그래, 알았어, 알았다고. 이제 잘 챙길게.

'찾았대! 귀걸이 1을 찾았대!'

보석함은 축제 분위기가 되었다. 귀걸이 2는 애써 참고 있던 눈물을 터뜨리고 말았다. 잃어버린 줄만 알았던, 영영 만나지 못할 것 같았던 쌍둥이 언니를 찾게 된 것이 믿어지지 않았다. 얼마나 다행인가. 바닥에 떨어져 깨지거나 망가지지 않고, 채린의 친구가 잘 간직하고 있었다니. 팔찌, 귀걸이, 목걸이들이 앞다투어 귀걸이 2의 어깨를 다독이며 축하의 말을 건넸다.

'감사해요. 흑흑'

'정말 잘됐어. 채린의 통화를 들으니 그녀도 속상했나봐. 이젠 조심하겠지?'

상황 종료. 액세서리들은 웅성거림을 멈추고 각자의 위치로 일사불란하게 움직였다. 귀걸이 2도 그녀의 칸에 들어갔다. 비록 지금은 옆자리가 비워져 있지만, 곧 돌아올 쌍둥이 언니의 옆자리를 바라보며.

'언니, 빨리 와. 불과 하루였지만, 언니 없이는 내가 존재할 수 없다는 것을 알게 되었어. 우리는 함께해야 하는 존재인가봐. 같이 있어야 반짝반짝 빛나는…….'

"저는 귀를
여덟 개나 뚫은 여자의

다섯 번째 구멍에도
끼워져봤답니다."

MUST HAVE

알아요. 안다고요. 남자들이 나를 싫어한다는 것을. 하지만 상관없어요. 여자들이 나를 엄청 좋아하니까요. 혹시 이런 말 아세요? 모두에게 사랑받으려고 하지 마라. 제가 가장 좋아하는 말이에요. 어떻게 모든 사람이 나를 좋아할 수 있겠어요. 또 모두에게 인정받기 위해 산다면 얼마나 피곤하겠어요. 아무리 남자들이 나를 마뜩잖게 여겨도 요즘처럼 종아리를 스치는 바람이 스산하게 느껴질 무렵이면 설레는 나는 레깅스에요.

지난여름, 옷장 속에 꼭꼭 갇혀 있는 동안 나는 마음속으로 몇 번을 다짐했어요. 여자친구가 레깅스를 입는 걸 탐탁지 않게 생각하는 남자를 만나면 꼭 해주고 싶은 말이 생겼거든요.

'여보세요, 여자친구가 왜 나를 좋아하는지 모르겠어요? 지금부터 잘 들으세요. 우선 나는 엄청 편하답니다. 솔직히 스키니 청바지가 얼마나 불편한지 당신은 모를 거예요. 남자들이 좋아해서, 여자를 예쁘게 해주니까 입지만, 스키니 청바지를 입은 날에는 점심도 많이 먹지 못하고, 가끔 다리에 쥐도 나거든요. 하지만 나는 달라요. 움직이기 편하죠, 소화가 안 될 것을 걱정해 먹는 걸 망설일 필요도 없죠, 게다가 보온까지 완벽하니 어떻게 안 찾을 수 있겠어요.'

물론 내가 여자친구의 다리보다, 스타킹을 신은 것보다 예쁘지 않은 건 사실이에요. 그렇다고 설문 조사에서 '남자들이 가장 싫어하는 아이템' 1위로 뽑은 건 너무한 거 아닌가요? 하지만 오늘부터는 생각을 고쳐먹어야 할 거예요. 당신이 싫어하는 내가 여자들의 사랑을 듬뿍 받는 몇 안 되는 사물이라는 것을 잊어서는 안 돼요.

자, 생각을 고치고 나를 잘 살펴보아요. 최근 수년 사이에 나는 모습이 확 달라졌거든요. 디자인도 아주 다양하고, 나를 전문으로 하는 브랜드도 생겼고, 해외에서도 나를 찾는 여성들이 많아졌거든요. 요즘 같은 환절기나 겨울에 당신의 여자친구를 감기로부터 지켜주는 내가 고맙게 여겨질 거예요. 뭐라고요? 그럼에도 불구하고 내가 싫다고요? 상관없어요. 남자들의 불평과 시선에 아랑곳하지 않고 꿋꿋하게 입어주는 모든 여자들이 내 편이니까요!

"나도 나이가 들었나봐.
요새 여기저기

주름투성이라니까."

마
지
막 출
근

●

    무슨 일일까. 좀처럼 나를 꺼내드는 일이 없던 그녀가 오늘 아침 나를 선택했다. 작고 가녀린, 그래서 자기에게 조금 크다 싶은 나를 가급적 멀리하던 그녀가 나를 둘러메고 출근하는 내내 나는 궁금했다. 오늘, 무슨 일이라도 있는 걸까? 그리고 점심이 되기 전, 그녀가 나를 선택한 이유를 알 수 있었다.

    —수현씨, 오늘이 마지막인가?

    —네, 과장님, 그동안 감사했어요.

    —듣자하니 작가가 되기로 했다며?

    —네……

    —작가는 아무나 되나. 멀쩡한 회사를 그만두는 게 이해는 안 되지만, 암튼 잘해봐.

    오전 내내 수현은 사람들과 어색한 인사를 주고받았다. 그녀를 안쓰럽게 바라보는 사람, 힘내, 라고 작게 말해주는 사람, 도저히 이해할 수 없다는 표정을 숨기지 않은 사람 등 여러 사람이 수현을 스치고 지나갔다. 입술을 살짝 다문 듯한 그녀의 표정을 똑바로 볼 수 없었지만, 내 어깨끈을 꽉 잡은 그녀의 손에서 나는 느낄 수 있었다. 지금 그녀가 약간은 불안하고, 동시에 조금은 설레어 한다는 것을.

몇 시간이 흘렀을까. 지금 나는 그녀의 책상에 있다. 그녀는 쓸모없는 서류들을 서랍에 넣고, 연필꽂이 삼아 사용했던 머그잔과 달랑 한 장 남은 달력을 납작하게 눌러 내게 담았다. 각종 동물이 그려진 그녀의 달력에는 이렇게 적혀 있었다.

11월 20일, 퇴사.

그래서 내가 오늘 그녀와 함께한 거구나. 그 순간, 사무실 책상 위 책꽂이에 단정하게 꽂혀 있는 김애란과 정이현의 소설이 눈에 들어온다. 수천 장의 문서를 복사하고 타이핑하고 관공서를 바삐 오가던 수현에게 한 가닥 희망이 되었을 소설을 바라보노라니 내 마음도 뭉클해졌다. 잠시 후, 각종 서류와 이면지 등을 가지런히 정리한 그녀가 책꽂이에서 두 권의 소설을 꺼낸다. 자르르, 책을 펼쳐보고 흐뭇한 미소를 짓더니 나에게 넣는 그녀의 표정을 살짝

볼 수 있었다. 이미 노트북과 손거울, 필통, 핸드크림, 다이어리로
제법 불룩해진 나는 가장 소중한 물건을 담는 마음으로 두 권의
소설을 받아들었다.

　—수현아.

　행여 다른 사람들에게 방해라도 될까봐 소리 죽여 책상을 정리
하던 그녀에게 한 남자가 다가왔다.

　—박대리님.

　—벌써 정리하는 거야?

　—네, 오늘이 마지막이거든요.

　—알아. 내가 그것도 모를까봐. 내가 도와줄 일은 없어?

　—네. 다 했어요. 3년을 일했는데, 이 가방에 다 들어가네요. 대리
　　님께 책상 정리 좀 하라고 꾸지람 들을 때는 엄청 많아 보였는데.

　—그래도 좋지?

　—네, 걱정도 되고요.

　—잊지 마. 다른 사람은 몰라도 나는 수현을 응원한다는 것을. 고
　　시원에 들어간다고 했지?

―네, 본격적으로 써보려고요.

―3년 동안 이 사람 저 사람 심부름하느라 고생 많았어. 점심시간
을 쪼개어 노트북을 두드리며 글을 쓰던 수현이 그리울 거야.

―연락드릴게요.

―꼭! 나중에 유명해졌다고 모른 척하면 안 돼!

그녀 나이 스물여덟. 작가가 되겠다고 회사를 그만두기로 결정
한 그녀. 모아놓은 돈도 넉넉지 않아서 빠듯한 생활이 불 보듯 뻔
하지만, 수현은 내일부터 창문도 없는 고시원에 들어가 글을 쓰게
될 것이다. 모두들 열심히 일하는 오후, 수현은 두둑해진 나를 둘
러메고 회사를 나섰다. 쌀쌀한 바람이 불었지만 가방 끈을 쥔 손
에 땀이 촉촉하게 배어 있다. 지금 내 안에 든 노트북과 소설책은
한 사람 눕기에도 빠듯한 고시원 어딘가에 놓일 것이다. 어제까
지 드문드문 그녀에게 선택되었던 나는 오랫동안 그녀와 함께하
게 될 것이다. 그녀의 가방 가운데 노트북과 소설책을 거뜬히 감
당할 수 있는 것은 나밖에 없을 테니까.

'수현, 잘했어. 박대리님 말이 맞아. 하고 싶은 것을 한다는 행
복을 선택한 건 분명 잘한 일이야. 한 장 남은 달력이 다른 달력으
로 바뀌기 전에 결정한 것도 잘했어. 이제 수현은 평범한 계약직

회사원이 아니야. 비록 보이지 않지만 어딘가를 향해 달려가는 작가 지망생이 된 거야. 그러니 화이팅!'

"어젠 주인 언니가
너무 많은 짐을 넣어서
손잡이가 끊어질 듯 아팠던 거 있죠."

당신을 마주보기

●

　쉿, 조용해주세요. 유일하게 그를 마주보는 시간이 돌아왔거든요. 나는 안경이에요. 처음 내 주인을 보는 사람들은 한결같이 이렇게 말해요. '안경 쓴 모습이 정말 잘 어울려요!'

　그때마다 나는 궁금했어요. 나를 쓴 그는 어떤 모습일까. 세수할 때, 잠자리에 들 때를 제외하면 거의 모든 순간 그의 얼굴에서 떨어질 줄 모르는지라 나를 쓴 그의 모습을 보는 순간이 그리 많지 않거든요. 어쩌다 거울을 보는 그의 모습에서 나와 함께 있는 그를 보곤 하지만 하루 중 거울을 보는 시간은 너무 짧아서 아쉽기만 해요. 비록 그의 콧등에 내가 남겨놓은 희미한 자국이 사라지기도 전에 나를 다시 올려놓는 그이지만, 내가 없는 그의 얼굴을 잠시나마 볼 수 있는 그 짧은 시간을 나는 늘 기다립니다. 이제는 습관이 되어 의식하지 못하는 듯하지만, 무언가에 열심히 몰두하다가 조금 흘러내린 나를 집게손가락으로 살짝 올리고 콧잔등을 쓱 문지르는 그에게서 느끼는 행복을 당신은 모를 거예요.

　참, 며칠 전 아주 큰일이 생겼어요. 그에게 내가 아닌 검은색 뿔테 안경이 생긴 게 아니겠어요? 한눈에 보아도 나보다 세련되고, 심지어 가격까지 월등히 비싼 그 안경을 보는 순간 하늘이 무너지고 안경알이 빠지는 듯한 충격에 빠졌어요. 아니나 다를까. 다음 날, 그는 내가 아닌 검은색 뿔테 안경을 쓰고 출근했어요. 매일, 아니 매 순간 그의 콧등에 걸려 여기저기를 볼 수 있었던 내게 그의 책상 서랍 속은 비좁고 답답하기 짝이 없었어요. 무엇보다 한 번도 느끼지 못했던 버려졌다는 기분……

아, 그런데 이게 웬일인가요. 그날 밤, 회식을 마치고 돌아왔는지 알싸한 소주 냄새와 진한 삼겹살 냄새가 밴 그가 집으로 돌아오자마자 나를 찾는 게 아니겠어요.

　―괜히 비싼 걸 샀어. 하루종일 무거워서 불편했네. 뿔테 안경은
　　프레젠테이션 때나 써야겠어.

정리하자면 매일매일 평범한 일상은 나와 함께, 나보다 세련되고 비싸게 구입한 검은색 뿔테 안경은 프레젠테이션 등 중요하고 특별한 순간에 써야겠다는 것이었어요. 잠시 나는 생각했어요. 언제나 함께하는 게 좋은 걸까, 아님 특별한 순간을 지켜보는 게

좋은 걸까. 고민은 그리 오래가지 않아서, 지난 시간을 그래왔듯이 늘 함께하는 게 좋다는 결론을 내리게 되었어요. 검은 뿔테 안경 역시 자신을 특별한 날에만 쓰겠다는 그의 선택에 불만이 없는 것 같았어요. 그리고 우리는 이런 말을 나누며 친해졌어요.

'우리 이제 좋은 친구가 되자. 우리는 결국 같은 물건이잖아. 그와 함께 세상을 또렷하게 바라보는 존재, 그가 하루에 한두 번 부드러운 천으로 우리를 감싸듯 살짝 쥐고 깨끗하게 닦아줄 때가 가장 행복한 존재, 그가 뜨거운 라면을 먹을 때나 따뜻한 커피를 마실 때 우리 때문에 불편한 것 같아 미안해하는 존재, 아침에 눈을 뜨자마자 더듬거리는 손으로 가장 먼저 찾는 존재, 특별한 날 그의 이미지를 업그레이드시켜주는 몇 안 되는 존재. 그럼 내가 돌아올 때까지 기다려줘.'

사 / 물 / 의 / 한 / 마 / 디

"가끔 나를 벗어놓는 것을 잊어버리고
세수를 하는 그녀.
그녀도 웃고 나도 웃는다."

반
짝
거
리
던　시
　　절

●

　매일 아침 8시, 아저씨는 낡은 신발장을 열어 나를 꺼낸다. 신발장 제일 윗자리, 구두약과 나란히 놓여 있는 나는 구둣솔이다. 아저씨와 나의 만남도 어느덧 20년이 되어 간다. 긴 세월의 흔적을 이기지 못하고 나무 손잡이는 반질반질해지고 여기저기 시간의 낡은 때가 묻어 있지만 한 군데도 망가진 곳 없이 멀쩡한 덕분에 그의 곁에 머물러 있는 내가 대견할 정도다.

　사실 원래 나는 그의 아들 민철과 더욱 가까웠다. 이제는 옛날이 되어버린 오래전 그 시절, 민철은 아버지가 출근하기 전 구두를 반짝반짝 닦는 일을 자청했었다. 그때마다 아저씨는 흐뭇한 미소를 지으며 어린 민철에게 오백 원이나 천 원을 쥐어주었다. '허허' 하는 아저씨의 웃음과 용돈을 받고 깔깔대며 좋아하는 아이의 웃음소리로 이 집의 아침은 시작되었다. 20년 전의 나는 민철의 손보다 훨씬 컸지만, 이제는 나보다 훨씬 큰 손을 갖게 된 민철을 바라보는 나이가 되었다.

　하지만 언제부턴가 민철의 손에 내가 쥐어지는 날이 점점 줄어들더니 급기야 한 차례도 나를 찾지 않게 되는 날이 오고 말았다. 그사이, 민철은 대학에 가고 어엿한 사회인이 되어 집을 떠났고, 아저씨와 아주머니만이 덩그러니 남았다. 나는 지금도 잊지 못한다. 민철이 떠난 다음날, 먼지가 뽀얗게 쌓인 자신의 구두를 손수 닦던 아저씨의 눈빛을. 20년을 함께한 까닭일까. 아저씨의 눈빛은 이렇게 속삭이는 것 같았다.

'가는 세월을 누가 붙잡을 수 있겠어. 장성한 아들을 떠나보내는 게 순리겠지. 하지만 이상하게 오늘따라 졸린 눈을 비비며 내 구두를 정성껏 닦던 녀석이 생각나는군. 반짝반짝 빛나는 구두보다 더 영롱하게 반짝거리는 눈으로 나를 자랑스레 올려다보던 녀석의 미소가 말이야.'

분명 오늘 아저씨는 평소와 달랐다. 능숙한 손놀림으로 3분 남짓 짧은 시간 동안 나를 잡고 구두를 닦은 건 변함이 없지만, 오늘 아침에는 나를 신발장 위로 보내지 않고 한참 동안 물끄러미 바라보았다. 오래전 어린 민철의 눈빛을 그리워하는 아저씨의 그렁그렁한 눈빛은 이렇게 말하고 있었다.

'고맙다. 이렇게 오래도록 함께 있어줘서.'

그날 나는 태어나서 처음으로 특별한 경험을 했다. 매일 아침 당신의 구두를 닦아주던 나를 아저씨는 현관에 놓여 있는 마른걸레로 닦아주었다. 그리고 어두운 신발장이 아닌, 거울이 걸려 있는 선반에 나를 조심스레 올려주었다.

— 여보, 나 나가요.

그날 아침, 나는 처음으로 천천히 닫히는 현관문 사이로 멀어져 가는 아저씨의 뒷모습을 바라볼 수 있었다.

사 / 물 / 의 / 한 / 마 / 디

"공장에서 만들어진 내게도
아버지가 있다면,
'아버지' 하고 다정하게 불러볼래요."

순간 기억하고 싶은

●

　나는 늘 우울한 곳만 바라봅니다. 인적 없는 서늘한 골목, 앙상한 가지에 위태롭게 매달린 나뭇잎, 추운 겨울 꽁꽁 얼어붙은 강가, 바람 부는 전신주 위의 비둘기⋯⋯. 나는 그가 바라보는 시선으로 쓸쓸하고 외로운 곳을 찍는 카메라입니다. 나와 함께 세상 여기저기를 여행하는 그는 늘 외로워 보입니다. 그는 늘 혼자 길을 나섭니다. 사람들과 어울리는 것에 서툰 그이지만, 나를 다루는 솜씨만큼은 누구 못지않게 훌륭한 그가 나는 좋습니다.

　가끔은 그의 눈에 들어온 풍경이 너무도 불편해 렌즈를 닫아버리고 싶을 때가 있습니다. 홀로 무거운 걸음을 옮기는 노인, 구걸하는 장애인, 한적한 골목길에서 엄마를 기다리는 아이, 공원 구석 벤치에서 홀로 울고 있는 여인. 마음은 거절하고 싶지만 몸은 거절할 수 없는 나는 그렇게 쓸쓸하고 외로운 감정을 실어 한 컷 한 컷 찍어야했습니다. 그러던 어느 날, 그의 앞에 아름다운 눈망울을 가진 한 여자가 나타났습니다.

—당신의 사진은 너무 쓸쓸하고 우울하군요. 그런데 이상하죠. 대
　부분의 사람들은 자기가 좋아하는 것을 찍게 마련이잖아요. 그
　런데 당신은 좋아서 찍은 것 같지 않아요. 내 느낌이 맞나요?

그는 잠시 말을 잇지 못하더니, 이렇게 대답했습니다.

—누군가는 찍어야 하니까요. 세상의 어두운 부분을.
—그게 꼭 당신일 필요는 없잖아요. 당신은 행복한 사진도 잘 찍을
　수 있지 않을까요? 나는 믿어요. 세상의 어두운 곳을 볼 줄 아는
　당신이라면 분명 행복한 곳도 볼 줄 안다는 것을. 사진을 찍기
　전에 당신이 먼저 행복해지는 건 어때요?

그는 자신의 발끝만 바라보던 시선을 거두고 고개를 들어 그녀
를 바라보았습니다. 그녀의 눈은 그를 향해 있었습니다. 그리고
그를 향해 웃어주고 있었습니다.

—약속해요. 단 한 사람이라도 당신의 행복한 사진을 보고 싶다면
　그렇게 해줄 수 있다고.

그의 눈빛에서 나는 느꼈습니다. 마음에 작은 동요가 일어나고 있다는 것을, 뭔가를 곰곰이 생각하고 있다는 것을. 순간 놀라운 일이 일어났습니다. 그의 손에 들려 오랫동안 함께해온 내 눈에 그녀의 얼굴이 들어온 것입니다. 그녀는 분명 어디선가 본 듯한 얼굴이었습니다. 그래요, 나는 분명 그녀를 어딘가에서 보았습니다.

　─그런데 제가 누군지 아직 모르겠어요?
　─어딘가 낯이 익었다는 느낌은 들었는데 기억이 나지 않아요. 우리 만난 적 있었나요?

그녀는 알 수 없는 묘한 미소를 지으며 벽에 걸린 사진 한 장을 가리켰습니다. 공원 후미진 벤치에서 홀로 앉아 울고 있는 여자의 사진이었습니다.

　─설마?
　─맞아요. 저 여자가 바로 저예요.

아, 나도 기억이 나는 것 같습니다. 하지만 지금 그녀의 얼굴은 그날의 슬픈 얼굴이 아니었습니다.

—그날 저는 5년 동안 만났던 한 남자와 원치 않는 이별을 했어요. 그를 떠나보내고, 그와 늘 산책을 하던 공원을 마지막으로 찾아 펑펑 울었어요. 그날 저에게 그곳은 공원이 아니라 세상 끝에 와 있는 것 같았거든요. 며칠 후, 우연히 인터넷에서 당신의 블로그를 보다가 사진 속 저를 보게 되었어요. 세상에서 가장 슬퍼 보이는 여자가 바로 저더라고요.

그는 허락을 받지 않고 사진을 찍어 블로그에 올린 것을 사과하려고 입을 열려고 했습니다. 하지만 그녀는 그의 마음을 이미 안다는 듯이 말을 계속 이어갔습니다.

—사진을 본 순간, 문득 혼자가 아니라는 생각이 들었어요. 누군가는 그러겠죠. 남자와의 이별이 뭘 그리 슬프냐고. 하지만 그날은 분명 제 인생에서 가장 슬픈 날이었어요. 그 슬픈 순간에 누군가 나를 봐주었다는 사실에 마음이 따뜻해졌어요. 난 혼자가 아니었구나, 사랑한 사람을 잃었지만 누군가는 나를 지켜봐주었구나, 라고 느꼈어요.

그는 할말을 잃은 듯 고목처럼 계속 서 있기만 했습니다.

—부탁 하나 해도 될까요?

　—부탁이요?

　—이제 행복한 사진을 찍어주세요. 만약 제 도움이 필요하다면 곁
　에서 도울게요.

　그로부터 석 달이 지났습니다. 나는 더이상 우울하고 슬픈 곳을 보지 않게 되었습니다. 세상에서 가장 아름다운 아이의 미소, 다정히 손을 잡고 걷는 연인, 목젖이 보일 정도로 환하게 웃는 사람들을 찍는 카메라가 되었습니다. 그녀와의 약속 이후 그는 세상에서 가장 행복한 모습을 저를 통해 담고 또 담았습니다. 지금 그는 한 손에는 나를, 다른 한 손은 그녀의 손을 꼬옥 잡고 걷고 있습니다.

사 / 물 / 의 / 한 / 마 / 디

　"가끔은 나를 내려놓고 세상을 보세요.
　추억보다, 기억보다 더 귀한 지금 이 '순간'을요."

14 담요

내
일
의

해

●

　—회사 앞이라고?
　—웅. 후문 쪽이야. 일 마무리되면 그쪽으로 나와. 기다릴게.

　12월 31일 밤 11시. 영훈은 갑자기 회사 앞으로 찾아와 기다리고 있겠다고 말했다. 영문을 몰랐지만 일단 서둘러 일을 끝내고 나가기로 했다. 대부분의 일을 정리했지만 한 가지 기획안이 수습되지 않아 끙끙거리던 참이었다. 완전히 맘에 드는 상태는 아니었지만, 일단 메일을 보낸 후 가방을 챙겨 헐레벌떡 나갔다. 회사 건물 앞 2차선 도로 끝으로 쌍깜빡이를 켜고 있는 익숙한 은색차 한 대가 보였다.

　—무슨 일이야? 미리 말도 없이?
　—웅, 일단 타.

　나는 조수석에 올라타며 영훈의 얼굴을 살폈다. 다행히 평소와별반 다르지 않은 표정이었지만, 얼핏 희미하게 미소 짓고 있는 듯 뭔가를 숨긴 아이처럼 설레는 표정이었다.

　—어딜 좀 가려고.

　—이 밤에? 어딜?

　—기다려 봐. 가보면 알아.

　나는 잠자코 있을 수밖에 없었다. 사실 2013년의 마지막 날, 별다른 약속도 없어 회사에 콕 박혀 있었던 나였다.

＊

　남자가 30분을 기다린 끝에 조수석에 여자가 올라탔다. 난감한 표정으로 남자에게 무슨 일이냐 묻던 여자는 어리둥절한 표정으로 안전벨트를 맸다. 나는 뒷좌석 가운데 즈음에서 그들을 번갈아가며 바라보고 있었다. 뭔가 특별한 일을 준비한 것 같았지만 나 또한 그의 마음까지는 알 수 없었다. 묵묵히 그들 뒤에서 때를 기다릴 뿐이었다.

　—넌 참 대단하다.

　—뭐가?

─어떻게 이런 날에도 회사에서 그렇게 일을 해?

─이런 날이 뭔데? 솔로한테는 이런 날 같은 거 없다. 그냥 오늘은 12월 31일 화요일이고, 내일은 공휴일이고 1월 2일은 프레젠테이션 발표 날이야. 그거뿐이야. 그래서 지금 어디 가는 건데? 나 피곤해, 일찍 들어가서 쉬고 싶단 말이야. 너 때문에 일도 제대로 마무리 못 짓고 나왔……

그때 남자가 여자의 얼굴 쪽으로 텀블러 하나를 불쑥 내밀었다.

─자, 마셔. 따뜻한 커피. 피로가 좀 풀릴 거야. 마시고 졸리면 좀 자.

여자는 남자가 내민 텀블러를 받아 뚜껑을 열었다. 하얀 김이 새어 나오며 향긋한 커피 향이 차안에 퍼졌다. 홀짝홀짝 커피를 마시던 여자는 이내 긴장이 좀 풀렸는지 의자 깊숙이 몸을 묻었다. 피곤했는지 꾸벅꾸벅 졸기 시작한 그녀를 보고 있자니, 숨죽여 접혀 있던 나도 깜빡 잠이 들었다.

─은서야, 일어나봐.

시간이 얼마나 흐른 걸까? 남자가 여자를 깨우는 소리에 나도 부스스 잠에서 깨어났다.

　—으음…… 여기가 어디야? 나 얼마나 잔거니? 며칠 밤잠을 못 잤
　　더니 깜박 졸았네. 어라? 여기 바다, 바다네? 우리 지금 바다에
　　온 거야?
　—응. 곧 해가 뜰 거야. 나가자.

여자가 천천히 차 문을 열고 밖으로 나갔다. 남자는 여자를 따라나서며 뒷좌석에 있는 나를 집어 들었다. 그들이 바다를 향해 섰을 때, 2014년의 첫 해가 아주 천천히 떠오르고 있었다. 남자는 나를 활짝 펼쳐 여자의 어깨에 둘러주었다. 나는 매서운 바닷바람을 온몸으로 맞았다. 그녀는 할 말을 잃은 듯 점차 밝아오는 바다를 바라봤다.

　—소원 빌었어?
　—…….
　—난 벌써 소원 하나를 이뤘어.
　—그게 뭔데?

—2014년에 뜨는 첫 해를 은서와 같이 보기. 소원성취했다.

여자는 우는 듯 웃는 듯한 표정이었다. 생각지도 못한 남자의 고백이었나 보다. 그러더니 살며시 제 어깨에 걸쳐 있던 나를 그의 어깨에 나누어 둘렀다. 난 두 사람의 어깨를 껴안았다. 함께 덮어도 모자라지 않았다. 내 품이 넓어서가 아니었다. 그들이 꼭 붙어 있었기 때문이었다. 그렇게 첫 해가 떠오르고 있었다.

사 / 물 / 의 / 한 / 마 / 디

"이불에 비하면 택도 없지만,
저는 여기저기 옮겨다니며
당신을 감싸줄 수 있답니다."

설
명
할

수

없
는

일

그녀의 머리카락은 꼭 삽살개의 털처럼 심하게 엉켜 있었다. 가방에서 나를 꺼내든 그녀는 허름한 카페 화장실 거울 앞에 서서 자신의 모습을 한참 동안 들여다보았다. 그제야 사람들이 왜 자기를 힐끔힐끔 쳐다봤는지 알아차린 것 같다. 그러나 나를 손에 쥔 채 쉽게 머리를 빗어내진 못하고 있었다. 만감이 교차하는 듯 보이는 그녀의 얼굴은 금세 일그러졌고, 이내 눈시울이 붉어졌다. 낯선 여인이 손을 씻으려는지 화장실로 들어섰다. 산발이 된 머리로 고개를 푹 숙인 채 흐느끼는 그녀를 이상하게 바라보았다.

— 저기, 괜찮으세요?

낯선 여인은 부축하듯 그녀의 어깨에 손을 올리며 말을 걸어왔다. 그녀는 낯선 손길에 깜짝 놀랐는지 재빨리 고개를 들어 괜찮다고 말했다.

— 아, 네. 괜찮아요. 감사합니다.

―무슨 일인지 모르지만 기운 내세요. 얼굴빛이 너무 안 좋은
데…….

　오지랖이 좀 넓은 것 같지만 걱정해주는 게 고마웠는지 그녀는
낯선 여인에게 감사하다고 대답했다. 낯선 여인이 밖으로 나가고
나서야 그녀는 다시 나를 들고 머릴 빗기 시작했다. 어깨 아래로
길게 뻗은 그녀의 머리카락은 짙은 갈색이다. 내가 그녀의 머릴
빗은 게 얼마 만인지 기억나지 않는다. 아무튼 우린 아주 오랜만
이었다. 엉킨 부분부터 빗어내려던 그녀는 한 손으론 머리카락을,
다른 한 손으로는 나를 잡고 안간힘을 썼다. 하지만 머리는 쉽게
빗어지질 않았다.

　나는 왜 그녀가 머리도 제대로 빗지 않은 채 여기까지 왔는지 궁
금해졌다. 누굴 만나기로 한 걸까? 내가 이런저런 생각을 하는 동
안에도 그녀는 계속해서 엉킨 머리를 빗어댔다. 그녀는 후, 불면
돌돌 말려 날아갈듯 빠진 머리카락을 뭉쳐 손에 쥐었다. 그 머리
카락 뭉치를 한참 내려다보다가 쓰레기통에 버렸다. 그녀도 나도
안간힘을 쓴 덕에 이제 머리 모양은 한결 차분해졌다. 이제 지나
가는 사람들이 돌아보진 않겠지. 착잡한 표정은 그대로였지만 한
고비 넘겼다는 듯 한숨을 쉰 그녀는 나를 다시 가방에 집어넣었다.

다시 카페로 들어간 그녀는 구석진 곳에 자리를 잡았다. 휴대전화를 만지작거리더니 주문을 위해 다가온 종업원에게 커피요, 라고 말했다.

—따뜻한 걸로 드릴까요?
—네.

종업원이 사라지자 그녀는 다시 휴대전화로 고개를 돌렸다. 전화벨이 울렸다.

—응. 그래 알았어. 기다릴게.

만나기로 한 사람의 전화인 모양이다. 천천히 오라는 그녀의 말을 끝으로 짧은 통화는 끝났다. 그녀는 가방에서 나를 다시 꺼냈다. 힘없는 동작으로 나를 다시 그녀의 머리카락에 가져다 댔다.

—실례해요.

고개를 들어 상대방의 얼굴을 본 그녀는 네,라고 조금 놀라며 대답했다. 아까 화장실에서 봤던 낯선 여인이었다.

　—잠시 앉아도 될까요? 누구 기다리고 있는 건가요?
　—네…… 앉으세요. 일행이 오려면 좀 있어야 해요.

　낯선 여인의 참견이 좀 지겨울 만도 했지만 그녀는 싫은 내색 없이 말했다. 자리에 앉은 낯선 여인은 무언가 할 말이 있는 듯했지만 쉽게 입을 열지 못했다.

　—무슨 하실 말씀이라도?

　참지 못한 그녀가 물었다.

　—나도 어떻게 이야기를 꺼내야 할지 모르겠는데, 그냥…… 아까 화장실에서 보는 순간 이상한 기분이 들어서요.
　—이상한 기분이요?
　—네, 그냥 당신을 도와야 한다는 마음이 들어요. 이상해요. 나도 처음 겪은 느낌이라 뭐라 설명할 수 없지만. 화장실에서 나와 커피를 마시려고 앉았는데 내 옆쪽에 와서 앉는 당신이 다시 보였

어요. 머릴 빗어서인지 아까보단 좀 나아 보이긴 했지만 그래
도…….

낯선 여인의 말을 듣고 있던 그녀의 눈에 갑자기 눈물이 고였
다. 이내 굵은 눈물을 뚝뚝 떨어졌다. 낯선 여인은 그녀의 손을 잡
았다. 두 사람의 마음이 통한 것 같았다. 낯선 여인의 말이 다 끝
나기도 전에 고개를 숙이고 울먹이던 그녀는 어깨까지 들썩이며
울기 시작했다. 낯선 여인은 별로 당황한 기색을 보이지 않았다.
다만 그녀의 어깨에 손을 올리곤 "울지 마세요, 울지 마세요" 하
며 그녀를 다독거렸다.

─내게 신기한 능력이 있는 것도 아닌데 이런 일은 처음이에요. 당
  신을 도와주고 싶었어요. 내 마음속 어딘가에서 당신을 도와주
  라고 누군가가 자꾸만 말하고 있어요.

테이블 위에서 두 여자를 보고 있던 나도 이유를 알 수 없는 안
도의 한숨을 내쉬었다. 그녀는 빗어내린 머리카락을 축 늘어트린
채 하염없이 울고 있다.

세상에는 말로 설명할 수 없는 일들이 많다. 오늘 나의 그녀 앞에 나타난 이 낯선 여인을 만난 것도 그런 설명할 수 없는 일들 중 하나일 것이다. 그녀가 어떤 결심을 내렸는지, 나는 알 수 없었다. 하지만 나와 함께 그녀의 가방 속에서 시간을 보냈던 여러 개의 약병들이 더이상 그녀에게 필요 없는 물건이 될 거란 예감이 든다.

"내 친구인 공동 목욕탕의 빗은
하도 많은 사람의 머리를 빗어서,
기네스북에 오를 지경이래요."

마
중

●

    지하철역 계단을 올라와 하얀 숨을 몰아쉬던 그녀는 가방에서 주섬주섬 나를 찾았다. 밤 12시, 영하 10도까지 내려가는 강추위였다. 택시를 타기에는 애매한 거리. 버스는 이미 끊겼고 어쩔 수 없이 집까지 걸어가야 했다. 그가 그녀를 데리러 나오지 않기 시작한 건 언제부터일까? 그는 그녀가 늦게까지 일을 하거나 회식 때문에 늦는 날이면 지하철역까지 마중을 나오곤 했다. 하지만 언제부터인가 그는 마중을 나오지 않았다. 그녀는 그의 태도에 섭섭하지 않을 만큼 단련되어버린 걸까. 멀쩡해 보이는 그녀보다 내가 더 서운했다. 솔직히 추운 겨울 그가 그녀를 데리러 나올 때면 나는 가방에서 나오지도 못했다. 그가 그녀의 차가워진 손을 꼭 잡고 따뜻하게 데워주었으니까. 그래도 괜찮았다. 두 사람이 행복하면 그만이었다.

    —호~~ 어때, 좀 따뜻해졌어?

    —아니, 아직.

    —호~~ 손이 꽁꽁 얼었네. 따뜻해?

―응. 이제 된 것 같아.

그녀의 손을 호호 불어주던 그는 그녀의 손을 다시 자신의 주머니에 꼭 넣어주었다. 회사에서 있었던 일부터 점심에 먹었던 음식 이야기까지. 그들의 대화는 끊길 줄 모르고 이어졌고, 이 정도 추위 따위 아무렇지 않을 만큼 훈훈했다.

―나 일부러 늦게 다녀야겠어.

―왜?

―자기가 이렇게 데리러 나와주니까 진짜 좋아서. 버스가 끊기지 않으면 데리러 오지 않잖아.

―그랬단 봐. 위험한 건 생각 안 해?

―자기가 마중 나오면 되잖아.

―혹시라도 내가 늦으면 어떡해? 일찍일찍 다니세요, 아가씨.

킥킥거리며 웃던 그녀는 주머니 속 그의 손을 더 꼭 잡았다.

크리스마스이브까지 야근을 해야 하는 처지가 슬픈 건 단순히 남들 놀 때 일을 해야 해서가 아니었다. 크리스마스여도 특별한 일이 없어졌다는 것이, 둘 사이에 뭘 하며 보낼지 작전을 짜듯 궁리하는 시간이 사라졌다는 것이 슬픈 것이었다. 그녀는 차들이 사라진 거리. 사람도 보이지 않는 황망한 길을 혼자 걷고 있었다. 나는 그녀의 손이라도 따뜻하게 해줄 요량으로 그녀의 손에 착 감겨 있었다. 그때 전화벨이 울렸다. 그였다.

—응, 나야.

—어디야?

—지금 가고 있어. 지하철역에 좀 전에 도착했거든. 너무 늦었지?

—알았어. 끊어.

전화기 너머로 들리는 그의 목소리는 차가웠다. 일을 줄이려 했지만 그러지 못했다. 회사는 점점 커졌고 여러모로 그녀의 일손이 필요했다. 그가 혼자 있는 시간이 점점 늘어났다. 일부러 그러는 것은 아니었지만 괜히 미안했다. 아마도 집에 도착하면 그는 스탠드 하나만 켜둔 채 잠들어 있을 것이다. 그녀는 따뜻한 물로 몸을 씻고 그가 깨지 않도록 조심스럽게 이불 속으로 들어가 숨죽이며 잠이 들 것이다. 그녀는 자신의 발끝만을 내려다보며 천천히 걷고 있었다.

―너무하는 거 아니야?

―여, 여보!

그가 그녀를 데리러 나왔다.

―크리스마스이브까지 날 혼자 있게 하다니. '나 홀로 집에'도 아
    니고.

―웬일이야? 마중을 다 나오고.

―크리스마스잖아.

그는 그녀의 옆으로 다가와 나를 그녀의 손에서 벗겨내어 가방
에 넣었다. 그러곤 그녀의 손을 잡아 자신의 점퍼 주머니에 넣었
다. 예전에 그랬던 것처럼. 나는 가방에 들어가는 신세가 되었지
만 기분이 좋았다. 가방 틈새로 본 하늘에서는 하얀 눈이 폴폴 내
리기 시작했다.

―눈이다. 화이트 크리스마스야. 어? 근데 이게 뭐지?

그녀가 천천히 주머니에서 손을 뺐다. 빨간색 작은 선물 상자

가 쥐어져 있었다.

　—메리 크리스마스.

　울먹이는 그녀를 향해 그가 미소를 지으며 다 괜찮다고 말한
다. 작은 상자 안에는 앙증맞은 귀걸이 한 쌍이 콕 박혀 있었다.
그녀는 다음 말을 잇지 못한 채 그를 올려봤다. 그는 다시 그녀의
손을 잡아 주머니에 넣었다.

　—당신 혼자 걷게 해서 미안해. 내 생각이 짧았어.
　—아니야. 내가 너무 내 생각만 했어.
　—집에 케이크도 사다 놨어. 늦었지만 파티하자.

　그와 그녀는 천천히 걸으며 하얀 눈을 맞았다. 함께 맞는 눈은
더 이상 차갑지 않았다. 매년 돌아오는 크리스마스지만, 그들에
겐 단 한 번뿐일 크리스마스를 보내고 있었다.

사 / 물 / 의 / 한 / 마 / 디

　"울지 말아요. 내가 손잡아줄게요."

가
지
마,

거
기

있
어

●

저녁 여섯시가 넘자 빈 테이블에 사람들이 하나둘 앉기 시작했다. 내가 앉은 테이블에도 남자 한 명과 여자 두 명이 다가왔다. 카운터에서 그들이 어디 앉는지 지켜보던 카페 직원은 테이블로 다가와 나에게 불을 붙였다. 조금 서먹한 분위기가 아무래도 소개팅 같은 것이 아닐까 싶었다. 나는 테이블 한가운데서 그들이 하는 이야기를 듣기 시작했다.

—여기는 내가 말한 박준겸 그리고 여긴 송찬영.

커트 머리가 잘 어울리는 작고 아담한 여자는 맞은편에 앉은 키 큰 남자와 제 옆에 앉은 긴 생머리 여자를 번갈아 가리키며 소개했다. 털털해 보이는 그녀가 아무래도 이 자리의 주선자인 듯하다.

—반가워.

처음에는 조금 낯설어하던 남자가 여자에게 먼저 시원스레 인사했다. 여자도 수줍은 듯 인사하며 옆에 앉은 커트 머리 주선자에게 눈짓을 보냈다. 그들은 한 시간이 넘도록 즐거운 수다를 이어갔다. 하지만 그들이 재미있게 웃고 떠드는 중에도 유독 주선자만이 어색하게 웃고 있다는 사실을 나는 눈치챘다.

＊

준겸이는 웃고 있었다. 나는 이만 빠져도 되지 않을까 싶은 마음에 찬영이를 화장실로 불러냈다.

—이제 난 가도 되겠지?

—응. 쟤 은근 맘에 든다. 키도 크고.

—내가 키는 크다고 말했잖아. 얼굴도 잘생겼지?

—응. 사진 안 보고 나오길 잘한 거 같아. 고맙다, 윤미리.

다행히 찬영이도 준겸이가 무척이나 맘에 드는 모양이었다.

—난 이만 빠질 게. 이제 친해졌으니 나머지 시간은 너희가 알아서 해.

—왜 벌써 가게?

준겸이가 날 붙잡았다. 이러지 마, 하고 말하고 싶다. 그래, 잡지 않는다면 내가 더 속상했을지도 모르겠다.

—나 피곤해. 내일 출근 준비도 해야 하고. 야, 요즘 주선자가 이렇게 오래 남아 있는 소개팅 자리가 어딨어. 둘이 알아서 해 이제부턴. 나간다!

난 서둘러 가방을 둘러매고 자리에서 일어났다. 준겸이는 뭔가 할 말이 있는 표정이었다.

—그래, 잘 가. 나중에 연락할게.

찬영이가 얄미울 만큼 재빨리 인사를 해버리는 바람에 하려는 말을 집어삼키는 것 같았다. 순전히 내 느낌일지 모르지만.

준겸이는 내가 사랑하는 남자였다. 용기 없었던 나는 끝내 준겸이에게 고백하지 못했다.

—난 네가 이래서 좋더라. 우리 우정은 변치 말자, 알겠지?

오래전부터 준겸이는 나를 친구로만 대했고, 나는 그를 짝사랑하기 시작했다. 그가 연애를 하지 않았던 건 아니다. 연상의 여자도 사귀었고 동갑내기 여자친구도 만났다. 그때마다 혼자였던 나는 그의 연애사를 일일이 꿰고 있을 만큼 늘 그에게 보고 아닌 보고를 받았다.

　그러던 어느 날, 그를 지켜보는 것이 너무 버겁게 느껴졌다. 고백할 수 없으니 아예 더는 다가갈 수 없도록 스스로 방어막을 쳐야겠다는 생각이 들었다. 나는 그에게 내 친구 찬영을 소개해줌으로써 이 마음을 정리하고 싶었다.

　—준겸아, 내가 여자 소개해줄까?

　—여자? 누구누구?

　—내 친구. 아마 내 친구 중에 가장 예쁠걸?

　—정말? 근데 왜 여태 가만히 있었어.

　—너 그사이에 계속 여자친구 있었잖아. 그 누나랑 헤어진 지 얼마나 됐다고 그래!

　—그런가? 헤헤.

　다정한 눈빛으로 웃으며 이야기하고 있는 수화기 너머 준겸이의 얼굴이 훤하다. 내가 참 좋아하는 그 얼굴. 누구에게 소개해줘도 준겸이는 좋아할 수밖에 없는 남자였다. 사실 나도 그 흔한 여자 중 하나일지 모른다. 난 어쩌다가 그와 친구로 만나게 되었을까?

1월의 바람이 매섭게 불고 있었다. 목도리를 단단히 두르고 어깨를 한껏 움츠린 채 사람들로 북적이는 거리를 향해 간다. 손에 꼭 쥐고 있던 핸드폰에서 진동이 느껴졌다.

—[그렇게 가면 어떡해?]

준겸이에게 온 문자 메시지였다. 걸음을 멈추고 한참 동안 핸드폰 화면을 바라봤다.

—[둘이 재미있게 놀아. 나 내일 일찍 출근해야 해.]

가슴이 따끔거렸다. 내가 지금 무슨 짓을 한 거지? 감당할 수 있을까? 머릿속에선 계속 의문이 꼬리를 물었다. 찬영이와 준겸이가 정말 사귀게 된다면, 그 모습을 아무렇지 않게 지켜볼 수 있을까? 그때 다시 진동이 울렸다. 당연히 준겸의 답장이 온 줄 알고 꺼내보니 찬영의 전화였다.

　ㅡ야, 윤미리, 나 퇴짜 맞았어. 너 어쩔 거야?
　ㅡ뭐? 무슨 말이야?
　ㅡ됐어. 다음에 얘기해. 아~ 짜증나!

찬영은 전화를 뚝 끊어버렸다. 어리둥절해진 나는 무슨 일인가 싶어 뒤를 돌아서 오던 길을 바라봤다. 그 길 끝에 준겸이가 서 있다. 언제부터 날 보고 있었던 걸까? 준겸이는 내가 좋아하는 그 미소를 짓고 있다. 나와 눈을 맞추한 준겸이가 핸드폰을 들어 귀에 대자, 이내 내 핸드폰의 진동이 울리기 시작했다.

　ㅡ가지 마. 거기 있어. 내가 갈게.

멍하니 핸드폰을 귀에 댄 채, 나를 향해 한 걸음씩 다가오는 준겸이를 바라봤다.

"세상을 반짝이게 하는 건
어쩜 내가 아니라

내 게 불 을 선 사 한
너일지도 몰라."

사물의 시선

ⓒ이유미 2014

초판 1쇄 인쇄 2014년 2월 28일
초판 1쇄 발행 2014년 3월 7일

지은이 이유미

펴낸이, 편집인 윤동희

편집 김민채 임국화
기획위원 홍성범
디자인 한혜진
사진 29CM 제공(포토그래퍼 이석민)
마케팅 방미연 김은지
온라인 마케팅 김희숙 김상만 한수진 이천희
제작 강신은 김동욱 임현식
제작처 영신사

펴낸곳 (주)북노마드
출판등록 2011년 12월 28일 제406-2011-000152호

주소 413-120 경기도 파주시 회동길 216
문의 031.955.2675(편집) 031.955.8869(마케팅) 031.955.8855(팩스)
전자우편 booknomadbooks@gmail.com
트위터 @booknomadbooks
페이스북 www.facebook.com/booknomad

ISBN 978-89-97835-46-1 03810